许海峰的枪

王兴东　等著

北 京 出 版 集 团
北京十月文艺出版社

目录 CONTENTS

金牌、手枪和我的路标

——许海峰讲述不为人知的往事

王兴东

人生在世，如同子弹出膛，都要奔向自己的目标。没有目标的人生，就是脱靶的子弹。

——摘自许海峰采访口述

编剧王兴东导语：

我和许海峰在任第十届全国政协委员期间有所接触，并不了解他的成长道路和背后的故事。我曾认为他有军队的背景，神枪射手没有一位不是用子弹堆出来的。当他告诉我，参赛两年前他还是安徽省和县供销社职工时，神秘性和戏剧性立刻浮现在我的眼前：一个供销社职工怎样走上射击之路？为什么中国第一个奥运冠军出在安徽省和县？他是怎样用手枪改变了自己的命运？人物加道具，就是一台戏。许海峰用他这支枪，改写了中国人进军奥运的历史，改变了世界看华人的目光，改换了中国人在世界竞争格局中的地位。一个人和一支枪：一枚金牌和一个国家的形象。为创作电影《许海峰的枪》，2011年4月4日，我和制片人王浙滨、导演王放放来到国家现代五项训练基地，拜访了许海峰。以下是许海峰口述的纪实。

1. 洛杉矶普拉多射击场的最后一枪

许海峰，1984年7月29日在第23届洛杉矶奥运会上以566环的成绩获自选手枪慢射金牌。这也是我国奥运史上的第一个冠军。

1984年7月29日，洛杉矶普拉多射击场，许海峰站在了决战的赛场上。他的开局很顺，前两组均打出了97环的好成绩。在自选手枪慢射这个项目中，若选手能打出两记97环，后面只要正常发挥，冠军就可收入囊中。但在关键的第三局，许海峰却不慎打出了一个8

国际奥委会主席萨马兰奇为中国第一位奥运冠军许海峰颁发金牌

环。据许海峰讲述，这说明当时的动作出现了较大的问题，而动作是有记忆的，若继续打下去，很可能会重复错误动作。

当时并没有什么大赛经验的许海峰展现出了超常的冷静和克制，在规则赛制规定的时间内，当机立断放下手枪，走出比赛场地，消失在人们的视线中……

后来，美国媒体在报道中提到许海峰消失了半小时，事实上，许海峰需要安静，让自己忘掉比赛，让大脑和身体完全放空。于是，他干脆来到赛场大门口的台阶上坐下来，盯着一群蚂蚁看了很久。

回来之后，其他选手都已早于许海峰完成了比赛，所有人都在许海峰身后盯着他看。这种感觉显然很容易分散人的注意力，在所有目光的聚焦中，许海峰接连打出93环、93环、95环，在最后一组中，许海峰只要打出95环，冠军就收入囊中了。

只有许海峰自己是沉默的。他深知，当时的手工计算是存在误差的，最终结果只有半小时后才能知道。他只有听到裁判长的亲口播报，才会相信冠军的归属。

许海峰的担心不是没有道理，他的最终成绩为566环，与王义夫平分的瑞典名将斯卡诺克尔通过申诉找回一分，以565环的成绩位列第二，王义夫则屈居第三。一分之差，决定了金、银、铜牌的归属。

2. 父亲给我改的名字

许海峰走上射击这条道路，与自己的父亲有着密不可分的关系。1943年，许海峰的父亲许银芝在老家安徽和县参军，当时只有16岁。父亲参军后，历经多次战役，其中包括著名的山东孟良崮战役。年轻的父亲作战勇猛，敢打敢冲，常年南征北战，后来，他也常常给子女讲述当年战斗的故事，许海峰至今依然记得父亲说起自己在战斗中几次受伤的经历。

许海峰父亲许银芝（左）在福建军区时，左前方站立的是许海峰（5岁）

在许海峰的记忆中，对父亲讲述的一次受伤经历印象非常深刻。部队在攻打沙河的时候，父亲被一颗子弹从掌心穿透掌背，击穿了整个手掌，当时他手中握的枪都震飞了。受伤后，父亲被送到野战医院，跟随部队乘船转移。当时，共有五条运伤员的船，上面堆满了掩护用的柴火，下面藏着伤员。在经过封锁线的时候，有四条船的船老大投降了，只有父亲乘坐的那一条船没有投降，一直坚持将他们护送到目的地。

解放后，部队送父亲去军校学习，去的是南京汤山炮校和锦州炮校，毕业后就在福建当了炮兵。1958年，炮击金门那一战，父亲也参加了，那时，战斗激烈，父亲有好几次都差点被敌人的炮弹击中。有一次他刚刚转移，离开原先的炮击位置，就有一颗炮弹掉落在他刚才站立的地方，父亲就是在闪避的时候，没能跨越弹坑，结果把锁骨摔断了。炮击金门的那次战斗，并没有在许海峰的脑海中留下记忆。那时的许海峰仅有1岁左右，还很小。

许海峰出生在漳州的解放军医院，当时，父亲给他起的名字叫许建军，因为他出生的那一天正好是“八一”建军节。男孩子又是在部队长大，所以许海峰从小就对枪比较感兴趣，特别喜欢打枪。1960年，父亲因为身体原因，转业到福建体育学院做政治教员。到了1963年，福建体育学院解散了，父亲又调到福建省龙海县木材公司当总经理。

福建龙海在许海峰的生命中，就像一个中转站，这个地方有一位老师给他留下了深刻的印象。许海峰上小学是在1964年，他记得当时自己是第一个去学校报名的，因为父亲觉得许家祖祖辈辈都没人上过学，许海峰是许家第一个上学的，所以必须争取第一个报名。于是，母亲就带他早早地去学校报了名。当时接受报名的老师叫梁茶美。她给许海峰做了一个小小的测试，数数字、加减乘除，还问了一些问题。后来到了三年级，“文革”开始，梁老师怀孕，就被调走了。至今，许海峰仍然认为那是他最初的文化启蒙老师。

历经多年，直到许海峰获得奥运冠军之后，都一直想找到这位梁老师。后来，曾经有一个机遇，许海峰遇到一个比他高一届的小学同学，他父亲是原来龙海的县长，退休后就住在龙海。一次偶然的机会，许海峰跟这位同学提出，希望回学校把小学一年级的老师找到，只知道她姓梁，因为当时学校基本资料非常不完善，没有建立像现在这样正规的档案，结果花了很多年都没有找到。有一次回到合肥，许海峰又碰到了那位同学，表达了自己的遗憾，那位同学心里也一直装着这件事情放不下，结果下决心回去寻找，又花了几年的时间，终于找到了梁老师。到现在，许海峰和梁茶美以及同学们已经聚会了三次。找到梁老师的时候，她在漳州市一个区里当人事干部，当时还没退休。到2008年，当时的小学建校100周年，许海峰接受邀请参加了这场难忘的校庆。这次校庆在当时龙海县龙溪地区引起了一些关注,《闽南都市报》专门报道和发起了寻找“许海峰小学同学”的文章。直到2018年第二次同学聚会，在漳州，又找到了十名同学。2020年11月第三次同学聚会，又联系到了林国华老师和一位教音乐的蓝老师。

许海峰一家人在福建生活了十五年，直到小学三年级，“文革”的时候，父亲被当成走资派打倒了，游过三次街，每次都让他戴着高帽子。由于他的人缘比较好，那段时间虽然是被关起来批斗，但是并没有受太大的罪。不过，因为这些经历，父亲有些心灰意冷，所以在1972年，举家迁回了安徽老家。

父亲是福建海边成长起来的海军炮兵，所以对大海很有感情。他在离开福建后，就把孩子们名字中间那个字全部改成“海”。许建军改名许海峰，他的妹妹改名许海芸，两个弟弟分别叫许海松和许海波。

3. 我那时的理想就是当兵

20世纪六七十年代，成为一名军人，是每一个少年的理想，成长在军人家庭的许海峰也不例外。1974年，许海峰高中毕业时，第一愿望就是当兵。许海峰喜欢枪，更向往部队的生活，毕竟他从小是在部队长大的。在去征兵办报名的时候，一块去的三个同学体检全都合格。但是，有一个人的家庭成分不太好，他父母的家庭成分是地主，被刷了下来。许海峰的家庭成分是雇农，父亲还是退伍军人，条件比较好，许海峰和家人自认为是没有问题的。但最终未能如愿，因为许海峰当时的年龄比征兵年龄小了8个月，不到18岁。最后，三个同学中只有和许海峰关系最好的易邦发顺利参军，几年之后，他进了军校，成为石家庄陆军学校的教官。不过，许海峰并不羡慕他，因为他虽然参了军，但是枪法还是没有自己准！

其实，当时只要许海峰的父亲出面说句话，他就能跟着入伍，因为接兵的领导认识父亲，都是老战友。但父亲性格倔强耿直，不仅不出面，还给许海峰撂下一句话，让他到现在都记忆犹新。父亲说："有本事靠自己，不要靠老子！"这之后，许海峰下定决心，任何事情都必须靠自己的努力来完成。

说起自己的家庭，许海峰非常自豪，他说："1920年有一天，我爷爷很突然地不见了。他出门后，很长时间一直没有音信，人去哪儿了根本不知道，当时兵荒马乱的，家里人非常担心。但是30年代末有一天，他突然回来了。我们祖籍在安徽，我爷爷奶奶生了四个孩子，我父亲是老大。后来我爷爷回来了，即便回来了，也是后来才知道他当时是去参加地下党当了交通员，被派到和县，他们一共五条交通线，他是其中的一条。他传递信息、接情报，还动员当地人参军。1942年，我爷爷把我父亲接到和县，后来我父亲当兵参加了地方游击队，叫和县支队，抗战结束之后整编到华野，是粟裕的部队。”

随着解放步伐的不断前进，许海峰的父亲先后经历了孟良崮战役、淮海战役，之后跟随解放军大部队过长江，过了江之后一直打到福建。1949年4月，许海峰的父亲就留在了福建，当时他所在的部队是原来的25军，后来并入海军，负责海岸线的保卫。在福建前线，许海峰的父亲是炮兵，驻扎在东山岛，负责海岸线安全，那时候国民党的军舰经常过来，够着他们就开炮打。直到60年代，许海峰的父亲转业，去了福建体育学院。因为许海峰的父亲文化程度并不高，不能当老师，就担任了学校的政治教员，当时学校里都是华侨，许海峰的父亲就给华侨们讲革命历史。直到后来福建体育学院被撤销以后，许海峰的父亲调到龙海，在木材公司当了总经理。在木材公司一直干了九年，70年代初，木材公司又将许海峰的父亲调到生产资料公司，去的时候许海峰的父亲带着一个政治任务，在漳州边上一个山里修油库。由于当时的战备是提防台湾，因此，要把山挖空，铺上玻璃，把油注进去。如果打仗，能够快速地向外供油，主要是汽油和柴油。当时的油库修好之后已经是1972年，而当年的7月份，许海峰的父亲就回到安徽，在和县新桥镇当了副主任。

许海峰从福建过来的时候上的是初二，结果安徽这边的学校只有初一和初三，许海峰就直接上初三，半年之后参加升高中的中考。当时县里只有三个中学有高中部，其中的新桥中学是许海峰最想进的学校，但新桥中学只招收一个班的高中学生，当时以许海峰跳级挑战的形式，考取难度非常大。许海峰内心非常渴望进入高中学习文化知识，因此他就暗暗憋了一口气，经过不懈的努力，最终考上了新桥中学。

两年高中生活很快就过去了，许海峰内心仍然非常渴望当兵。一方面，当时社会宣传的就是当兵光荣，许海峰自己内心非常喜欢枪。另一方面，考虑的是出路问题，不当兵就得去农村，当兵当好了，国家给分配工作；而到农村插队，什么时候能从农村回来都不知道。因此，当兵成了许海峰当时最大的心愿和目标。

当年规定18周岁能当兵，但想走的人太多了，就先让大的走，不让小的走。就跟第一年高考，先考上的都是农村的，让农村的先去上学一个道理。许海峰的年龄距18岁还差一点，当时许海峰父亲在当地有颇高的威望和影响力，许海峰回忆说："供销社谁拿东西批条子，父亲也会酌情处理，但是唯独到我这里他就不干。我父亲没给我当兵找关系，其实当年要是他能说句话我就走了。我父亲是正宗共产党员，谁说共产党不好，那他不干。"

提起当年当兵的事情，许海峰说了个很有趣的故事：当年下来招兵的部队是30军，总部在保定。如果他能够顺利当兵，那年就去保定了。当时带兵的连长姓肖，湖南怀化的，接兵体检时一眼就看上了许海峰，要把他带走。但是年龄的问题卡在那儿，许海峰非常遗憾地告诉那位姓肖的连长，自己不能跟着他去了。后来，那个连长跟许海峰说："你只要胆大，跟着我跑，离开这个县我就给你带走。"后来许海峰仔细想了想，还是算了，主要是名不正言不顺，因此，就决定下乡当知青去了。

当年，不能等一年再当兵，因此必须去插队。过去的原则，家里四个孩子，只能留一个，其他三个孩子必须下去，这是国家政策。尽管如此，耗着的也有，但就什么都没有了，影响也很大，最直接的影响就是断了口粮、注销户籍。那时候，没有粮本、断了粮食，就意味着没饭吃，户籍再注销了，人是很难在社会上立足的。因此，必须下乡。

在下乡后的第二年，许海峰又想当兵，但当时规定，插队不够两年不能报名。第三年许海峰又想当兵，但是那时候，又卡在了年龄上，这一次面临的是"超龄"。当时规定，年龄要在18~19岁才行，20岁年龄就超了，许海峰这一生注定和当兵无缘。但命运就是这样，总会有很多奇迹发生，如果当年许海峰顺利当了兵，也许就没有了后来的奥运冠军。

当然，没当上兵对许海峰造成了很大的打击，当时年轻人最好的出路就是当兵。看着别人应征入伍，穿上新军装，许海峰心里很羡慕，到部队就能打枪呀，自己肯定是神枪手！当时沮丧的心情可想而知。

1975年4月4日，许海峰只好下乡务农去了。当时，许海峰就在本县插队，村里的大队长、大队书记都是父亲小时候一起放牛的伙伴，他去了生产队之后，很受他们照顾。犁田、耙地，双抢期间抢收抢种……可以说，那两年许海峰基本上把所有的农活都学会了。

当时，这代人的命运，要么是当兵，要么是当知青。那个时候的年轻人就特别有劲儿，在村里，许海峰养过鸭、叉过鱼、掏过黄鳝、修过电灯……他心里想着表现好能早点被抽调上去参加工作。据许海峰回忆，他当时一年可以做500个工。要知道，他们下乡第一年里，知青并不算整劳力，一天只能计8分工。生产队里的十三个知青，八个是上海的，其他五个是当地的，他们有的1968年就下乡了，年龄都比许海峰大。但是，一个星期不到，这批知青就形成了以许海峰为中心的小团队，因为许海峰组织能力比较强，而且坚信没有什么事能难倒他。比如到夏天，他们去地里偷瓜，许海峰就说你们别去偷了，我跟生产队的人都很熟，想吃什么咱就去要。最后许海峰跟几个队看瓜的老头儿说，这些知青下乡都不容易，大老远从上海来，接受再教育，人家想吃点瓜，你们也不给，弄得人家晚上去偷，黑漆漆的，弄不好偷的都是生瓜蛋子，怎么办？还不如给人家挑几个甜的不就完了嘛。还有，这几个知青说想吃鱼，问许海峰，河里有鱼你能抓到吗？许海峰晚上就偷偷地跟在一个饭店厨师身后，看他怎么叉鱼。只见他在河边巡视，用手电照到河里的鱼，瞄准了鱼游的前方，打好提前量，用力甩鱼叉，叉鱼的头部。许海峰看了一夜，基本弄明白了，回来就带他们弄了几个鱼叉，有人拿着手电，有人提着篮子，两个小时就能叉到三十斤鱼。后来，许海峰在生产队里叉鱼也出了名。下乡的大队还欠许海峰二三百斤鱼呢。因为当时许海峰所在的那个大队，公社经常有人来检查工作，请吃饭没有鱼，领导就找到许海峰。什么叫“世上无难事，只怕有心人”？打鸟叉鱼，本事不大，但磨炼人的生活智慧，锻炼人捕捉目标的能力！

那是一个纯朴的年代，一腔赤诚总会令人充满挑战的勇气。许海峰下乡的时候，还曾经当过赤脚医生，谈起那段经历，许海峰非常自豪：“那是‘文革’的时候，说你行你什么都行，说你不行你就是行都不用你。当赤脚医生是1976年，有一天，大队长过来叫我别干农活了，说队里有个民办小学，你当教师去吧！我说我不当教师，拒绝了他。到了年底，我们大队的合作医疗站又缺赤脚医生，大队长又把我调去当赤脚医生，我还蛮喜欢医生这一行业的，再加上之前已经拒绝过大队长一次，这次要再拒绝，有点不像话，我也就同意了。”一开始，许海峰真的什么都不会，完全两眼一抹黑。他就买了好几本关于中医方面的书，没事就看。由于许海峰的父亲喜欢中医，对他有一定的影响，到现在好多中草药许海峰都能一眼认出来……另外，他还订了一本《赤脚医生》杂志，再后来就学打针、学采药。干了一年多以后，他已经基本能做点小手术了！当然，只是小手术，比如囊肿、小孩长疖子……开腔、创口比较大的手术是绝对不敢做的。当然，遇到急救的情况也得上手。那段时间在农村，常有妇女家里吵架想不开寻短见，许海峰在当赤脚医生的时候一共遇到过八个喝农药自杀的，救活了四个，另外四个没救下来。

那时候的农药好像都有剧毒，一般都是救不活的。从犁田、耙地、打鸟、叉鱼过来的许海峰是怎么救活了四个人的呢？许海峰想想感到非常遗憾，说那时候可没有假农药，如果不及时救治，就得死人。如果喝的量比较大，按自己那时候的技术水平，一般也是救不活的！如果喝的量少就还有希望，一般用PP粉（高锰酸钾）兑水给喂下去，催吐，得灌一大脸盆子，等人吐完之后，再喝，要有好几个来回，隔十五分钟再打一针“解磷定”“阿托品”解毒。

那时候，在农村的合作医疗站当赤脚医生就和上班一样，国家给发工资，每人每个月十几块钱。一个生产队三四百人，一个大队一两千人，许海峰所在的村子有四个生产队，一个生产队最少也有三百人。国家按照每个生产队的人数把钱给到合作医疗站。如果在计划里，赤脚医生可以向合作医疗站申请，买完药回到村子里来看病，基本都是免费，除非特殊情况。许海峰说，当地有一种血丝虫病，感染后的症状是腿肿，橡皮腿。这个虫很难杀，要吃一年药才能把虫杀掉。这是一种很容易感染的病。许海峰印象中有一种药叫“奎宁”，是专门治疗疟疾的，国家完全免费发放。毛主席《七律二首·送瘟神》：“绿水青山枉自多，华佗无奈小虫何！千村薜荔人遗矢，万户萧疏鬼唱歌。”“小虫”指的是血吸虫，这种病的症状是大肚子。血吸虫和血丝虫这两种虫子都寄生在钉螺里面。许海峰下乡时当地传染较盛的就是血丝虫病，是国家免费为人民发放了专门治疗这两种病的药。由于当时的环境背景，整个社会都在大搞生产建设，人们经常赤着脚干活，地田里就有钉螺，脚很容易被扎破，扎破一点血丝虫就进去了。据许海峰回忆，他插队那几年就曾经感染疟疾、血丝虫。还有一次，许海峰打农药中毒，生命垂危，当时人家说你再晚两天就没了。因为打农药的时候，许海峰不爱穿长裤，水稻的叶子边上带锯齿，把腿拉破了，农药会通过腿上的伤口渗入身体，就会溃烂。农药的主要成分是有机磷，最后腿上烂了，结了疤，两条腿一共有四十多个黑色的疤。

在赤脚医生这个岗位上，许海峰非常认真谨慎，心怀家国，因为这关系到每一个人的生命。很多百姓都夸许海峰专业。除了日常的头疼脑热，许海峰还接生过孩子，而且那个产妇还是头胎。

这在现在完全是不可想象的，很多人都问许海峰：“你可真胆大，自己没结婚，还敢给人家接生孩子？”但当时的情况是村里就许海峰一个赤脚医生，没别人啊，他必须得去！他的确是没有接生的经验，可接生过一次，不就有经验了嘛！当时的许海峰才刚过20岁，根本没有见过生孩子，可是人家要生了，找上门来了，怎么办？有些事儿就是这么逼出来的，他当时的第一反应是去翻书，一边翻书一边跑过去，对照着《赤脚医生手册》，指挥产妇分娩。那次比较走运，产妇平安地生下一个男孩。男孩生下来之后，许海峰也是从书上现学的，抓住脐带，用两个血管钳夹住，再用线扎起来，消毒后用剪刀剪断……接生完之后，那家人还给许海峰弄了一碗面条，煮了四个鸡蛋，那时没红包，这就是最大的酬谢了。许海峰从那时开始明白，只要胆大心细，就没有干不成的事儿。细一算，当时他接生的那个男孩子今年也应该40多岁了。许海峰正是这样做一行，爱一行，做任何事才能成功。

下乡的这段经历，对许海峰以后的人生有了很大的帮助。许海峰谈起这一点非常感慨：“我这一生，非常得益于我在农村那几年的生活。我后来的社会经验和处理问题的一些方法，有很多都是那几年在农村学的。”

4. 人生的第一把枪

当问起许海峰：你还记得第一把真正属于自己的枪吗？许海峰脸上洋溢着对过去幸福滋味的回忆。

许海峰说：“当然！那把枪是在芜湖第一百货公司的文具柜台买的，是一把广州气枪厂产的三箭牌气步枪，加上20盒子弹，一共好像是花了37块多，那时这笔钱真不算小数目，是我下乡插队国家发的知青安家费。”在当时，37块相当于一个五口之家两个月的生活费。

当时，父母知道许海峰用这样一笔“巨款”去买了枪并没有制

1976年许海峰与同学合影，后排右一为许海峰

止。当时知青下乡国家都有补贴，第一年80块钱，知青们通常都用来买床、铺盖、农具。第二年60块钱，第三年40块钱。许海峰当知青的第三年，拿着国家补贴的40块钱，带着几个知青和朋友就到了芜湖。许海峰回忆起那段岁月，显得非常高兴："我们当时那个插队的地方到芜湖有20多公里。枪是广州产的，三箭牌，20盒子弹，每盒2毛5分，我买了回来的船票就没钱了。当时的船是从江北面的玉溪口过江，过江之后才能走路，大家一起走路到住处，总共20多公里，边走边玩，一天的时间很快就过去了。"

当年知青插队时，许海峰插队的大队十三个知青，再分到各个生产队，有些生产队大队部有房，知青们就住在那里面，没房的就住在知青安置点。许海峰刚开始就住在知青安置点，后来又搬到村里面住，再后来又住在了合作医疗站里。在那个年代，人们业余时间可以做的事情非常有限，由于许海峰一直有个参军当兵的梦想，喜欢打枪射击，这才买了一把枪打着玩。提起射击，最令许海峰头疼的就是子弹了，他说："子弹哪买得起啊，2毛5分一盒，一盒200粒左右，也不是什么地方都有卖的，还得去芜湖，那样光路费就很贵。所以当时就想办法自己做。"因此，凡是牙膏皮、保险丝都是许海峰收集的做子弹的目标。因为铅的熔点很低，三四百摄氏度就可以熔化，砖头上挖一个小槽，把熔化后的铅灌进去做成铅条，然后拿剪子剪成子弹大小的颗粒，子弹只要能塞进去，都能打。铁是不能用来制作子弹的，因铁的熔点高、硬度大，做成的子弹对枪膛的磨损太厉害。而铅就比较软，对枪膛磨损不大。

许海峰介绍，射击原理一个是力学原理，一个是风动原理，子弹显得尤为重要，现在的子弹看起来很简单，做起来却非常复杂，目前中国卖得比较好的气枪，公司光研究子弹就得花十几年的时间。而相对于比赛，对子弹的精度要求更高，要经过风动测试，子弹打出去必须要稳定。

20世纪70年代，打气枪是在青年之间流行的活动。没能参军的许海峰拥有了属于自己的第一把枪，据他回忆：那时候可以随便买枪，直接到百货公司拿钱就可以买到，子弹也是，文具柜台就有卖。

有了枪之后，许海峰并没有开始练习射击，而是先打麻雀。那时候许海峰打鸟就已经打得非常准了。闲时，许海峰会用枪打地上的烟头，往那一坐，想打什么就打什么，练准头。当时的许海峰拥有的这把气步枪，属于大众比较普及的类型。在许海峰眼里，那把大家都在"玩"的枪，当时有些跟玩具一样。而正是从这把枪开始，许海峰的命运改变了，同时也在悄然书写中国奥运夺金历史。这把充满戏剧性的枪，也有着非常戏剧性的命运。

提起自己的第一把枪，许海峰眼里有很多意犹未尽的情感。许海峰介绍说，国产枪最大的问题就是弹簧。在当年，中国钢的锻造技术还非常不成熟，弹簧非常脆，很容易断，断了也不容易买。关键就是在热处理温度的过程中，冶炼中快速冷却，将铁变成钢，火脊老了，钢就脆，火脊嫩了，钢就软，力量就不够。

许海峰当初用的枪叫活塞式，现在的叫压缩空气枪。活塞就跟打气筒的原理一样，中间就像一个打气筒，是空的，把枪拉开，枪里面靠后面有个很硬的弹簧，把扳机钩挂在上面，扳机一扣，弹簧就往前推，利用空气推力把子弹打出去。这种弹簧10号左右，直径4毫米左右，特别容易断。后来，中国用德国进口的枪，也是气手枪，也都是弹簧的，那种弹簧就不容易断。所以，许海峰的第一把枪，反复修了好几次以后，就送给了福建的一位养蜂人。

养蜂人，从南向北走。蜜蜂追着油菜花走，油菜花在南方2月份就开了，养蜂人先到江浙，到了3—4月份再走到安徽，最后8月份到达内蒙古，冬天就到福建过冬，不走了，第二年再走。养蜂人产出来的蜂蜜，必须由供销社负责收购，这是当时的规定。所有的蜂蜜，都归外贸部门统一管理。外贸部门会把桶派发到各个供销社，供销社再对蜂蜜分级分类，槐蜜、紫云英蜜、油菜蜜，最后称重，然后发走。当时许海峰所在的供销社是负责收蜂蜜的，那个养蜂人经常来供销社，由于工作关系经常与许海峰接触。当时，他看到这把枪，非常喜欢，许海峰就送给他了。根据许海峰的回忆，那位养蜂人有可能是闲着没事，打枪就是玩，也有可能是因为走南闯北防身用。

许海峰出神入化的枪法，就是在农村当知青的时候练的，而练习方法就是——打麻雀，那也是许海峰当时最大的兴趣。与通常影视作品中表现得不一样，许海峰并不是打飞行中的麻雀，一般都是打落在树上或者落在地上的麻雀，它们要是飞起来了，是打不着的。

打麻雀是非常有门道的，晚上，用手电筒一照，麻雀蒙眼了，枪响鸟落。有时麻雀在电线上睡觉，打落一只，其他的没反应过来，第二枪就出去了，又落下一只。有时候，许海峰和弟弟一起出去打，弟弟用手电筒一照，许海峰的枪对准目标，一枪一只，没个跑。许海峰打麻雀很快打出了名，枪法越来越准，打的麻雀吃不完，吃不完就送给乡亲们当过年的美味菜肴，关系比较好的老乡，每家能分个一两百只!

除了满足射击兴趣，最令许海峰感到快乐的，当数把这些枪下败将当下酒菜了。先把皮剥了，油炸，炸好后装在坛子里，用油泡着，想吃就拿几只，脆酥酥的。当时的知青生活还是比较清苦的，没有肉吃，麻雀肉就是最解馋的了。这道菜叫油炸麻雀，在许海峰的家乡安徽和县非常有名，传说是明太祖朱元璋发明的。当年朱元璋打南京时路过和县，在镇淮楼上休息，没想到成群的麻雀叽叽喳喳地叫，吵得他睡不着。他夫人马秀英就叫来士兵把麻雀统统射杀，还不解恨，就将麻雀剥去皮毛，放到油锅炸焦给士兵吃，哪知士兵吃过，均说味道鲜美。朱元璋闻其味，要来品尝，也觉得异常可口香脆，拍案叫绝。后来，朱元璋在南京当了皇帝，吃腻了山珍海味，就想起了昔日在镇淮楼上吃的油炸麻雀，皇后派人专程到和县弄麻雀，做这道菜给朱元璋吃。如今，和县的“油炸麻雀”典故已经写入县志了。这是个很有意思的典故，麻雀要是遇到许海峰这个“无情杀手”就麻烦了。许海峰邀请大家，如果有机会去和县，一定叫一盘尝尝。

如果不是那一次父亲和老战友的相聚，现在的许海峰可能是平凡人群中的一员，就是那次聚会，让许海峰走上了职业射击运动员这条路。

1978年底，有一次许海峰回家，把气枪也带上了。当时他的父亲和几个战友在家里聚会，父亲想留那几个战友吃饭，看许海峰带着枪，就让他出去打几只麻雀来吃。许海峰出去一个多小时，打了五十多只，父亲的战友夸奖许海峰，说这孩子太厉害了，出去这么一会儿就弄了这么多麻雀回来。许海峰的父亲自豪地说：“要是全国有射击比赛的话（他当时不知道有没有），我儿子应该行。”当时饭桌上有一个父亲的战友姓查，他说："有啊，原来中学的体育老师王振泽就在巢湖地区当射击教练啊！"王振泽是20世纪50年代的国家一级教练员和一级裁判员，被下放到和县的另外一个镇中学当体育老师。

命运有时就是这样巧合，让许海峰遇到了一个专业射击教练员和裁判员。当时安徽省正在举行第四届全省运动会，王振泽组建了一个射击队，是中学的射击队，代表地区参加全省运动会。那个姓查的战友说如果许海峰真想练射击，就跟王振泽教练联系吧。当时父亲就让那位战友帮个忙，后来，他真的就跟王振泽教练联系上了。从此，许海峰开始接受专业射击训练，走向真正的射手之路了。

春节前，王振泽教练专门从邻镇来看许海峰，他带了把小口径步枪过来，想考考他。王教练带着许海峰走到一个围堤，下边是一块水田，就让许海峰打一枪试试看。许海峰没打过小口径步枪，但他没有退缩，拿过枪就打，没想到打得还非常好。后来王教练就说："今年我们正要组队参加第四届全省运动会，你到我那儿训练去吧。"应该说，王振泽就是许海峰的启蒙教练，是他走向射击之路的第一个引路人。训练期间，王教练对许海峰说："你是走后门来的，训练要比别的运动员更加努力，别到时候你的成绩太差了，让人家看笑话。"许海峰说："王老师，您放心，我绝对不会给您丢脸的。我这颗子弹一旦出膛，直奔目标，瞄不准10环不扣扳机，打不出成绩不来见您。"许海峰这个人自信要强，处事冷静，从不言败，关键是能沉得住气。射击比赛说到底要胆大心细，比的就是人的心理素质。枪械都是一个批号的，子弹都是一样的，关键是你怎么打，射击不是对抗运动，实际上是心理的较量，心态越平静，枪法越稳。

在王教练的指导下，许海峰射击的水平大有长进，并且开始走向专业化。1979年4月，机会来了，许海峰代表巢湖地区参加在蚌埠举行的第四届全省运动会。这是他第一次参加省里比赛，也是他人生第一场大比武，能不能打出好成绩来，是对心理和技术的考验。

当时教练对许海峰说，如果能打出好成绩，就能抽调到省队，从事专业射击训练。许海峰早就想离开农村，搞射击是他梦寐以求的事情。只要拿到冠军，就能调到省队，这对当时的许海峰是多大的刺激！他的人生目标越来越明确，那时，调到省队就是他的目标，一辈子能搞专业射击就是他的理想。参赛前，许海峰很兴奋，一心抱着打入省队的目标。父亲毕竟当过部队教官，他劝许海峰不要胡思乱想，念头多了，动作就会乱了，要像钉子一样，专攻一点，瞄准再瞄准，心不慌，手就稳，一枪一枪地打下去，不要总想结果，越想得到结果，越是没有好结果。父亲的话对他起到了很大的作用。果然，许海峰到赛场上一看，有的运动员年龄比他还小，在专业队却训练过好几年，枪玩得很熟练。这种时刻，他还是沉住了气，一枪一枪地打，全神贯注于前方靶子，心无旁骛，不为现场气氛所扰，真像父亲讲的，像钉子一样钉在那里，专攻一点。那时候的规则是只打40发，结果许海峰打了387环，得了第一名，破了全省纪录。比赛结束，教练很有信心地说，拿了冠军你肯定能选拔到省队。他积极地把许海峰推荐到省队，结果省队的甄选名单里却没有许海峰。当时许海峰和家人都很惊诧，怎么也想不通，为什么得了冠军，省队还不录取他？

原来当时，省队的教练觉得许海峰年龄大，当时的许海峰已经22岁了，省队一般培养的都是年龄在十六七岁的有潜力的运动员。22岁的大小伙子，到省队来，又能训练几年？而且即便训练了也未必能再有好成绩，这不是浪费资源吗？所以，省队当时就没有录取许海峰。

年龄是一道门槛，曾经因为年龄小与军队失之交臂，现在又因为超龄被挡在省队门外。很多人都暗暗替许海峰担心，得了冠军人家不要，这么大的打击，今后的路要怎么走呢？

当时的许海峰很失望，这对他的打击确实不小，有如五雷轰顶。

他心里总是在想："才22岁难道就不能打枪了吗？就不能去实现我的射击理想了吗？"是放弃还是坚持，是停止还是前进，人在这时最容易动摇。人的心灵有时是很脆弱的，就像小苗刚出土，被狠狠地踩了一脚，是就此倒下还是顽强挺立，这样的挫折对人的性格是最大的考验。现在想起来，没有第一次挫折就没有日后的成功，成功都是由挫折的石板铺成的。人生就是要不断地克服挫折，才能更接近自己的目标。

5. 卖化肥的神枪手

没能去省射击队，许海峰被调回到供销社，工作就是卖化肥和卖农药。提起这一点，许海峰脸上扬起了少有的自豪，他说："我当时在供销社卖化肥也出了名。我记得化肥里面有碳酸氢铵、硫酸铵、硝酸铵、尿素……其中，碳酸氢铵对人体危害特别大，因为挥发出来的氨气味道大，只要装化肥的袋子一破，就挥发得特别快。所以，那个存放化肥的仓库根本就进不去，一般人进去之后，都是憋一口气，赶快背一袋子化肥就出来。而且，就算他们憋一口气进去，出来的时候也会被熏得鼻涕眼泪一大把。但是，我能在化肥仓库里面待上一两个小时，都没什么事。"

许海峰究竟有什么法宝？为什么别人都觉得呛，他却不觉得呛呢？

许海峰说，那都是练出来的！在供销社卖化肥的第一年，供销社就给许海峰奖励了60块钱，原因是前任在一年中，化肥的销售额大概是28万元，化肥损耗大概有3000多块钱。而许海峰接手的第一年，销售额达到32万元，损耗却只有1000多块。供销社对他的工作给予肯定，鉴于许海峰给国家节约了几千块钱，所以给了他高达60块的奖金，当时这在全县也是最高的。提起化肥的销售，损耗是面临的最大问题。损耗通常有三种情况，第一种是被偷了；第二种是挥发掉了；第三种是下雨淋着溶化了。但是由于许海峰对工作比较认真，看护防控得比较紧，损耗就降下来了。有两次看化肥的时候，有人偷化肥，被许海峰抓了个现行，但是那些人不会轻易停下来，于是他就和那些人打了起来，事情闹大了，那些人就不敢明目张胆地偷了，所以化肥损耗要小得多。以至于1980年到1981年改革开放，供销社开始搞承包责任制之后，供销社主任都舍不得让许海峰离开供销社去体委。幸亏当时的教练能说会道，到供销社硬把供销社主任给说通了，才放许海峰离开。

许海峰的第一次恋爱是1982年3月8日，“三八”妇女节。那个女孩的母亲是供销社的员工，许海峰在供销社卖化肥，负责开票，她母亲负责收款。她母亲喜欢打牌，有时候出去打牌就让她代收款，时间长了两人就算是熟悉了，对彼此的感觉也挺好的。许海峰的妹妹结婚比较早，所以家里人就着急，眼看着他都25岁了，怎么还不找对象，就成天催。后来有人就撮合这两个年轻人。记得那时两人一起看了一场电影，许海峰坐在电影院里特别不自在，所以电影是什么情节，看完了根本没有印象。其实两个人当时只相处了几个月，因为许家找人说媒的时候，女孩的母亲不同意，原因有两条：第一，供销社这个单位不好，一个月工资才29.5元；第二，嫌许海峰的政治面貌不好，还不是党员。现在看来那个女孩其实还是有点喜欢许海峰的，但她母亲很坚决，不准她再跟许海峰交往，并且把她调到另一个偏远的商店去了。

1982年6月5日，许海峰要去参加训练了，走之前，他就想把话跟那位女孩说清楚，所以找人给她带了一个信儿，约见面。结果她还真的来了，找借口说是到县里开什么会，然后从县里绕道来见面。正巧赶上8月25日，许海峰比赛那天，女孩的母亲又逼着她去相亲，把她介绍给另外一个供销社主任的儿子，是一个转业军人。许海峰当时听了以后也有点生气，因为那次见面两人谈得挺好，许海峰觉

巢湖地区射击代表合影留念，后排左五为许海峰（1982年）

得那位女孩表态以后又跑去相亲不合适。他想最后约她面谈一次，可又出了点意外。供销社有一批八吨的糖运到了，但是许海峰在签收的时候，发现少了800斤，就不肯签收，跟来送货的同志争执了很长时间，就把跟那女孩约见面的事给耽误了。几小时后等他到了约定的地点，女孩已经气走了。因为她出来一趟确实很不容易，要找好借口，还得绕很远的路，女孩当时可能觉得许海峰是不想见她了，故意拖着不露面。

再以后，许海峰就到省城参加训练，他们就没有联系了。后来女孩的母亲从供销社病退，她接班顶职，和许海峰母亲所在的柜台挨在一起。许妈妈当时非常喜欢那个女孩。那时候许海峰暗暗下了一个决心，这姑娘不结婚的话，他就绝对不找对象。结果1983年这个女孩结婚了，听说她结婚之后，许海峰才开始谈恋爱。直到1985年底，28岁的许海峰才结的婚。这就是许海峰的初恋故事。

1982年，安徽省举行第五届全省运动会，地区体委把许海峰借调到射击队，但是，当许海峰离开供销社来到射击队之后，一位吴姓的教练突然劝他改打手枪，但是之前他一直打的是步枪。换枪，无疑给已经超龄的许海峰带来了更大的挑战，而这也成为许海峰走上职业运动员的一个转折点。

因为手枪是甲级项目，可以打全国比赛，而普通小口径步枪是乙级项目，只能打省级比赛。吴教练对许海峰说，如果想要有更大的发展，就必须打甲级项目，只有这样，才有希望参加全国比赛。当时，为了这件事，许海峰还专门写信、打电话问了那位王教练。王教练却坚决反对，他认为许海峰的步枪已经有了很好的基础，就不要改手枪了，改手枪以后，一切都得从头开始。但是许海峰的想法是，即便在步枪上取得冠军，也不得不在省队里面临超龄问题，最终还是与职业射击无缘，还不如赌一把。最后许海峰决定，改练

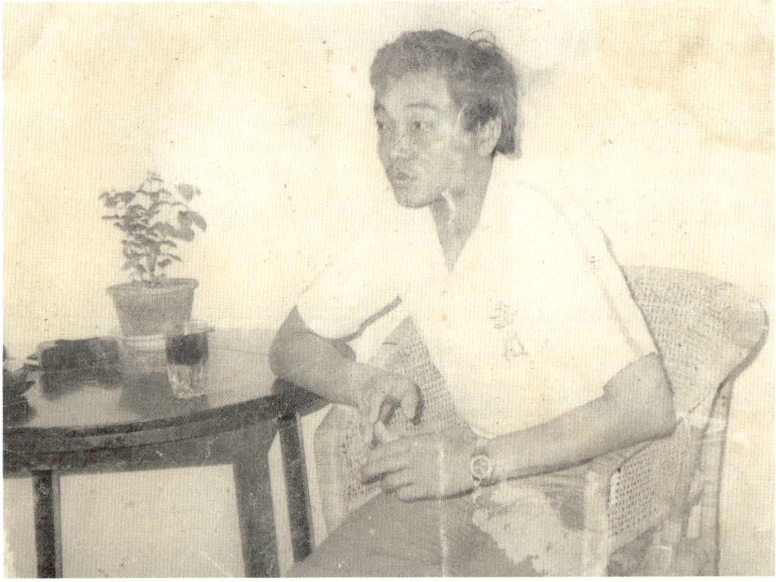

在安徽省射击队训练时的许海峰

射击教练指导许海峰，右一为许海峰（1983年）

手枪项目，大不了结果不理想，还是回供销社去。经过不到三个月的训练，8月25日，许海峰在全省比赛中打了370环，拿到了手枪比赛的第一名，并且破了省纪录26环。当时这件事在省里还是比较轰动的，原因是许海峰当时用的手枪是内蒙古产的双菱牌手枪，省队其他运动员用的都是德国进口的六五型手枪，许海峰用的是商店里随便买的子弹，而他们用的都是德国进口的子弹。

6. 挺进奥运

1983年，许海峰已经成为一名职业射击运动员，但是，他在那段时间全国大比赛的成绩却不够理想。许海峰谈起那段日子非常坦然，他回忆："对任何一个运动员来说，不可能每一场成绩都很好，我也不例外。但是我比起一般的运动员来说，有一个最大的优点，就是我的成绩相对比较稳定。1983年4月我打了一场比赛，5月也打了一场。这两场的成绩都很一般，后来我总结，是因为我当时太想通过'运动健将'等级了。到了全运会比赛的时候，最后那一发子弹，我磨了足足十四分钟才打出去，打了一个10环，通过了'运动健将’等级。后面第二天比赛的气手枪，也轻轻松松地打了‘运动健将’。”射击运动最终总会回归运动员与自己的比赛，许海峰战胜了自己内心的渴望，沉浸和享受在射击运动本身，突破就从这一刻开始了。

在1984年洛杉矶奥运会前夕，当时的国家队教练组对是否让许海峰参赛一直犹豫不决，其过程也是一波三折，直到最后的热身赛为这一次的出征一锤定音。那时候和现在的比赛规则不一样，现在要打资格赛，通过资格赛就可以参加比赛。过去不用打资格赛，直接报名就可以了，但是每个国家在每个项目上最多只允许两个运动员报名参加。

奥运会之前，中国男子自选手枪慢射项目有三个优秀选手：王义夫、苏之渤和许海峰。按当时的个人实力，王义夫是当之无愧的第一人选。此前举行的第五届全国运动会上，王义夫一人获得男子手枪慢射和男子气手枪两枚金牌。国家射击队对王义夫出征奥运会毫无争议。但在许海峰与苏之渤之间，教练组始终犹豫不决。苏之渤年龄比许海峰大八岁，是射击老将了。1974年在伊朗举行的第七届亚运会上，苏之渤成为中国参加综合性运动会第一枚金牌获得者。在这届亚运会上，他一共获得3枚金牌，1枚铜牌。1978年，苏之渤还参加了在泰国举办的第八届亚运会，获得了男子自选手枪慢射个人、团体2枚金牌。

虽然许海峰当时的成绩排在第二，但毕竟是新手，才练了一年多。国家队在到底是让一名新运动员还是老运动员去这个问题上，一直拿不定主意。最后决定，让许海峰和苏之渤各打一场比赛，谁的成绩好，就让谁参加奥运会。1984年4月，许海峰到美国打了奥运会的热身赛，苏之渤则是到罗马尼亚打了一场两个国家之间的对抗赛，这两场比赛基本上是同时进行的，都是在4月份。结果许海峰在奥运会的热身赛上打了568环，拿到了第一名。直到那个时候，国

许海峰全家合影，后排右四为许海峰（1983年）

家队才决定让许海峰参加奥运会。

许海峰在射击训练上，不仅刻苦练习技战术，更重要的是认真记录、总结。从1982年11月1日进入安徽省射击队开始，一直到退休，许海峰留下了他作为运动员、教练员的许多珍贵笔记，所有的笔记本一本都没丢。现在这些笔记成了安徽体育博物馆的镇馆之宝。

许海峰回忆："这些笔记从我开始训练，接到省队通知开始，第一篇就是描述我在什么地方接到的通知。第二篇最有用了，那是1982年11月4日，我给教练写的一封信。因为教练比我去得晚，他原来是我们国家运动员，也是射击项目解散了在合肥做工，是从工厂调过来的。我教练比我晚报到一个月，我给他写的这一封信把两个项目做了一个计划，包括这个项目我要练多长时间，达到什么水平。结果气手枪项目，1983年一年都是按照我预测的步骤来的。手枪慢射项目比预测高了10环。”手枪慢射这个项目许海峰以前没打过，不知道水平能到多少，但是最后的成绩竟然高出了预测。每一次重大比赛，赛前准备、参赛方案、比赛过程、赛后总结，许海峰都会写进笔记里，这已经成了他日常的习惯。许海峰非常自豪地表示：“包括现在，接受完你们的采访我回去也记，习惯了，闲着没事。”

许海峰的每个笔记本最后都有个统计。比如：1984年4月2日，墨西哥的比赛，每一组成绩、总成绩、名次、子弹批号、哪支枪、哪个国家。再比如：奥运会比赛，打到什么位置，打一个点一个，每个形状不一样，第一组97环，圆圈空心的，后面是实心黑色；第三组蓝色笔；第五组、第六组红色笔……后来，许海峰认为这种统计并不科学，改成了数字。许海峰回顾自己运动员生涯的十二年，大概记录了十五个笔记本。担任教练员的十几年，一共留下十一个笔记本。从事体育总局管理工作十几年，将近二十多本，直到现在一共五十多本笔记。

1984年洛杉矶奥运会开幕在即，许海峰内心充满期待。开赛前十天，许海峰和队友们一起出发去美国。由于美国和中国的时差比较大，对射击的影响也比较大。所以射击队向国家体委提出申请，希望能够批准他们提前十天到美国去准备。射击队到了美国以后，前六天的训练成绩非常难看，打得一塌糊涂，但是大家都没有急，知道这是时差的反应，从第七天开始，成绩果然慢慢好转，恢复正常了。

7月28日奥运会开幕式，领队通知全体运动员都去参加。但是许海峰想了想，觉得还是不能去。因为开幕式晚上七八点开始，下午三四点就要过去，开幕式表演加上入场式，至少得晚上十二点才能回到驻地。可是第二天早上他们就要比赛，如果休息不好，状态肯定不行！许海峰就和队里反映情况，队里也决定不了，就向团里请示，最后团领导同意了。就这样，许海峰和王义夫都没有去参加开幕式。开幕式当晚，许海峰和王义夫就在南加利福尼亚大学的学生宿舍里看电视，当时所有运动员都住在南加利福尼亚大学的学生宿舍。第二天一大早，两个人就起来坐第一班班车赶往普拉多射击场。因为射击场离运动员宿舍距离很远，有87公里，开车需要1小时15分钟。

射击比赛是早上九点钟开始。刚开始比赛打得非常顺利，许海峰第一组就打了97环，第二组也是97环，第三组打到第8发子弹时打了一个8环，后来就下场休息了，跑到大门口，坐在台阶上歇了约有半小时。

当时的比赛规则是只要在两个半小时内打完就行。后来美国报纸报道说许海峰失踪了30分钟，其实他当时就坐在门口休息。因为中途休息了半个小时，等许海峰打到第六组的时候，全场就剩下三个人了，再打几发场上已经没有参赛选手，只剩他一个。当时，所有的观众全站在许海峰后面，只要枪一举起来，就有照相机声。许海峰当时就想，估计成绩还不错，如果成绩不好，谁也不会在你后面看。结果那会儿精力有点分散，前7发子弹，打了一个10环，两个8环，剩下都是9环，就等于前7发子弹，平均9环都不到。就剩下最后3发子弹了，如果这3发子弹再打不好，估计今天的比赛就完蛋了。许海峰又把枪放下，坐在那里休息了约15分钟，那个时候他是强迫自己坐在那里休息，主要是心理调节。后面那些观众，一直关注着许海峰。许海峰摒除杂念，闭目养神，后来感觉差不多了，站起来，空枪预习了4枪，没装子弹，感觉还可以时，就装了子弹。最后3发子弹，许海峰打了两个10环，一个9环。最后一组91环，总环数是566环，打完以后，全场一片轰动。

当时的许海峰并不知道这块金牌有那么重要的意义，这是中国历史上第一枚奥运金牌，而且是萨马兰奇当选国际奥委会主席后颁发的第一枚奖牌，也是第23届洛杉矶奥运会产生的第一枚金牌。这枚奥运金牌对每一个中国人都有着非凡的影响。正因为如此，许海峰把这枚金牌捐献给了国家。目前，这枚金牌收藏在国家博物馆。

在1984年洛杉矶奥运会上，中国选手王义夫以564环获得男子自选手枪慢射铜牌，比许海峰少2环，比亚军瑞典老将斯卡诺克尔只少1环。在这个项目上，中国选手收获颇丰，许海峰和王义夫一同获得奖牌，为祖国赢得了荣誉。2005年，许海峰离开国家射击队，退役后即接任了国家射击队总教练，后来又奉命调到国家体育总局自行车击剑运动管理中心主管现代五项。中国射击队有很好的传统，每个人对目标的要求都很高，谁都知道射击是人和枪，而不是人与人的对抗性比赛，运动中只有自己来把握目标和命运。另一位选手王义夫也始终没有离开枪，他在1992年巴塞罗那奥运会夺得男子10

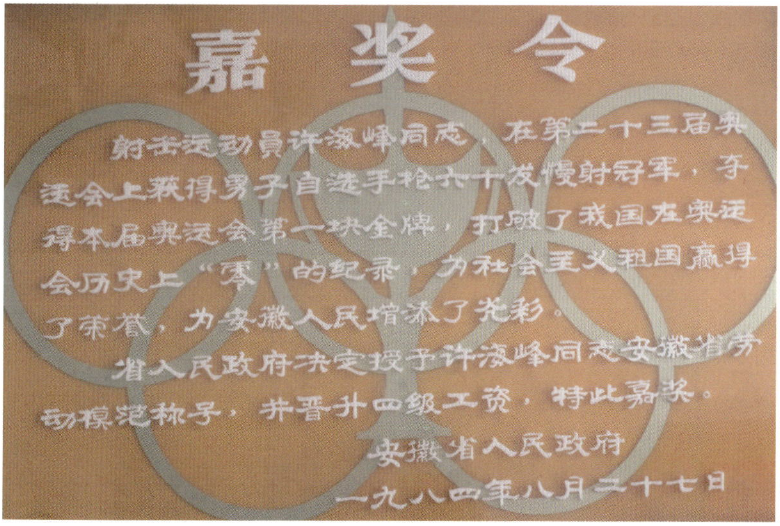
嘉奖令

射击运动员许海峰同志，在第二十三届奥运会上获得男子自选手枪六十发慢射冠军，夺得本届奥运会第一块金牌，打破了我国在奥运会历史上"零"的纪录，为社会主义祖国赢得了荣誉，为安徽人民增添了光彩。

省人民政府决定授予许海峰同志安徽省劳动模范称号，并晋升四级工资，特此嘉奖。

安徽省人民政府

一九八四年八月二十七日

获得第一枚奥运金牌后，安徽省给予许海峰晋升四级工资的嘉奖令

米气手枪金牌，后来又在2004年雅典奥运会男子10米气手枪比赛中获得金牌。

7. 父老情、国人心

当许海峰获得金牌的消息通过广播、电视、报纸传到祖国的时候，全国人民都沸腾了，尤其是远在家乡的家人和父老乡亲。许海峰回国后曾经问过父亲得知夺金消息时的心情，不善言辞的父亲显得非常开心，但只说了四个字——“为你自豪”。

许海峰和父亲之间的交流是一种默契的、内敛的，充分体现了互相理解的情感。虽然许海峰从来没有跟父亲说起过比赛时的情景，但他能感觉到父亲对自己的关注，因为父亲是个内向的人，不会把这种情感当着他的面表露出来。而这种背地里默默的关心，全都落在了许海峰的弟弟许海波的眼里。弟弟许海波当时应该是家里第一个知道许海峰拿了世界冠军的人。他至今定居在安徽和县。

当时，消息最快的渠道就是“美国之音”，弟弟许海波一直守在收音机旁，美国比赛完了没多久，许海峰获得首金的消息就传过来了，当时弟弟激动地告诉了父亲。一直到回国，回到安徽和县，就看见父亲每天都很开心，一会儿接待前来贺喜的客人，一会儿招待大家喝酒，忙前忙后。

据说，夺金的第二天，北京各大报纸就被抢购一空，当时许海峰唯一的感觉是“意外”。如果许海峰在比赛中满脑子想的都是金牌的意义、历史责任，无疑就会比别人更紧张，压力也会比别人更大，反而有可能会影响发挥，拿不到金牌。正如退役后成为教练的许海峰，总是谨慎地处理各类消息对运动员的影响，用他的话说：“该让运动员知道的就让他知道。不该让运动员知道的，就不能让他知道。有些事情知道得太多，反而会增加压力。”

从美国洛杉矶奥运会回到家乡，许海峰可谓荣归故里。当时许海峰是坐火车回去的，下了火车，安徽省体委主任一把抱住他，激动得泪水直流。回和县老家的路上，也是热闹非凡。路两边全都是群众，一路放鞭炮。许海峰至今还记得，安徽电视台的一个记者趴在面包车顶上拍摄，车子颠簸得厉害，好几次差点把他从车顶上甩下来。那段时间，每天都有十几个记者跟着许海峰，不管是到乡下还是县里，走到哪里都是人山人海。许海峰表示："说实在的，那时候真是挺辛苦，我觉得比我每天射击训练要辛苦得多!"每天晚上，许海峰都要到凌晨一点才能休息，来看他的人实在太多了。没多久，组织上就让许海峰到人民大会堂做报告。当时《体育报》一个记者给他准备了一篇稿子，射击队也给他准备了一篇稿子，安徽省体委也准备了一篇。许海峰看完这三篇稿子之后，都感到不满意，因为里面有一句话提得太多，就是"零的突破"，这句话令许海峰很不舒服。虽然这在别人眼中，是一件光荣的事，但许海峰觉得，从自己嘴里说出这样的话来，就好像是居功自傲一样！这不像他的性格！所以，这三篇稿子全都被许海峰否定了，他自己写了一篇。他要反映的就是自己参加比赛的真实经过，实事求是。

8. 人生如子弹出膛

谈到枪，许海峰的语气中充满了对过去岁月的追忆。他自豪地说，拿到奥运冠军的那把枪，是一把注定载入奥运史册的枪。这把枪还有一段小小的故事。那是一把瑞士产的枪，当年许海峰在上海得了冠军之后，回到省里汇报时，魏副省长问许海峰有什么困难，许海峰实话实说：现在最大的困难就是装备不行，能不能批点钱，买点进口的装备。很快，魏副省长就批了六万美元，给射击队买了一批进口枪，把整个队的装备水平全部提高了。1983年7月，许海峰

1984年，许海峰已进入国家队

参加亚洲锦标赛回来以后，换的就是这把枪。当时，再有一个月就要打全运会了，大家都不熟悉进口枪的性能和构造，根本就没法打，很多运动员担心会影响成绩，没有换！许海峰胆子特别大，下决心换枪。他觉得运动员就该有一种勇于尝试和勇于创新的拼搏精神，这才是真正的体育精神。事实上，刚换枪的时候，许海峰打得也是一团糟，但是，慢慢他就摸熟了枪的性能，最终在全运会上，打出了561环的成绩。再后来，许海峰就是用这把枪打进奥运会的。

每一个射击运动员都会对自己的枪有感情，除非是出现了故障或者是完全到了要被淘汰的阶段，才会更换！一直到了1988年汉城奥运会，许海峰才换了另外一把枪。

在参加1984年洛杉矶奥运会之前，许海峰确实对夺冠和名次没有什么具体的概念，他的内心只追求自己发挥到最好。但是就在比赛前两天，许海峰突然觉得自己有可能拿到冠军，但是很快，他又把这个念头给压下去了。比赛之前，运动员的情绪不能有太大的波动，不能想这些，压力太大只会影响比赛。获得金牌只是一个标志，不能代表一切。任何业绩的质变都来自量变的积累。许海峰在打第一只麻雀的时候，真的不知道还有奥运会这回事。但是，从打麻雀开始，许海峰对枪就产生了兴趣，对瞄准着迷，做梦都想到部队当神枪手，几次当兵都遭遇落选，打击太大了，但他并没有放弃射击。热爱就是准星，意志就是子弹，目标就是靶纸，从决定去做这件事开始，无论遇到什么困难，只有坚持下去，才能够成功。

许海峰从省队训练开始，一直到进入国家队，都没有想过要拿世界冠军。那么，一直以来支撑他从事职业射击运动的核心动力又是什么呢？许海峰的笑容非常单纯，他认为时势造英雄，人不需要想那么长远，只需要给自己设立阶段性的目标，一步一个台阶往上走。对于年轻的许海峰来说，第一步得先想办法进入地区队。能进入地区队，才能参加省级比赛。当他到了地区队以后，目标就变成了拿全省冠军，拿了冠军心里就想一定要进入省队。真等到了省队以后，目标又升级成参加全国比赛，要拿全国冠军，要进入国家队。最后，进入国家队以后，才有资格去考虑打国际比赛。许海峰说："就比如在家里教育小孩的时候，问孩子你有什么理想？你长大想干什么？孩子说我要当工程师、科学家……其实那都是小孩子随口说着玩的，真正的大目标是很难一下子就豪气冲天地说出来的，从小就开始盯着那么遥远而不可能的事情，那是虚无缥缈，不可能成功的。不管想干什么事，我们都得一步一步来，都得踏踏实实地去做。不论中间哪一步出了问题，都有可能偏离最终的轨道。如果刚开始射击的时候，我就想着要拿世界冠军，那是不可能成功的，有可能在巨大的压力之下，我连全省冠军都拿不到。人有时候应该自信，但是又不能盲目自信，盲目自信等于零。"

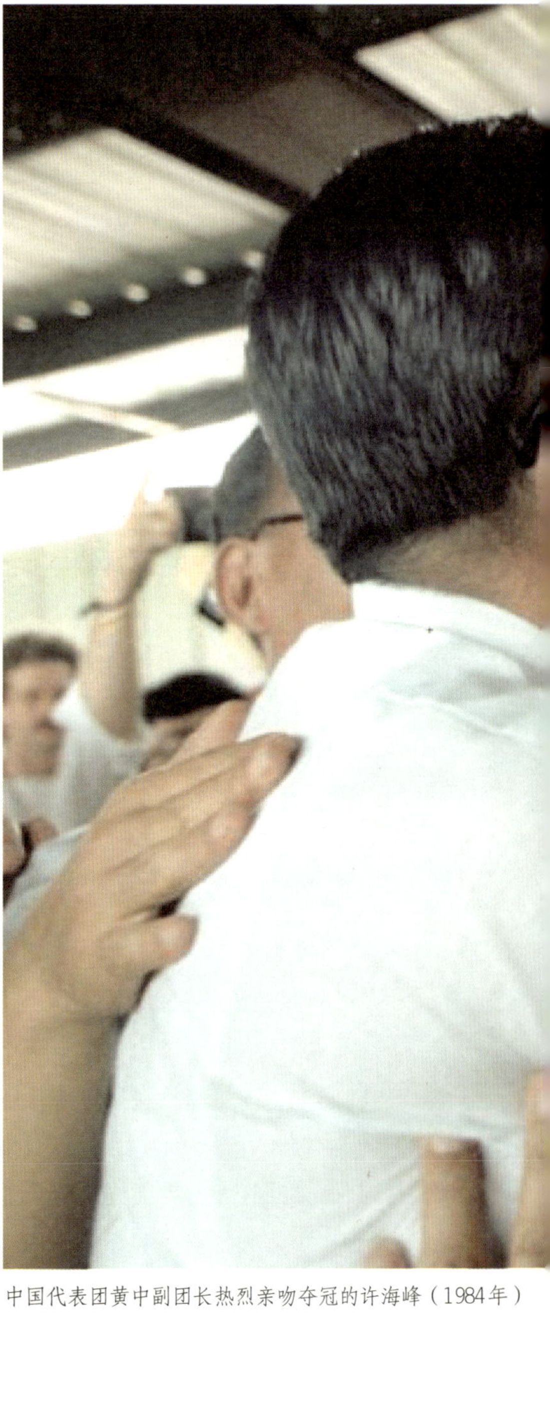
中国代表团黄中副团长热烈亲吻夺冠的许海峰（1984年）

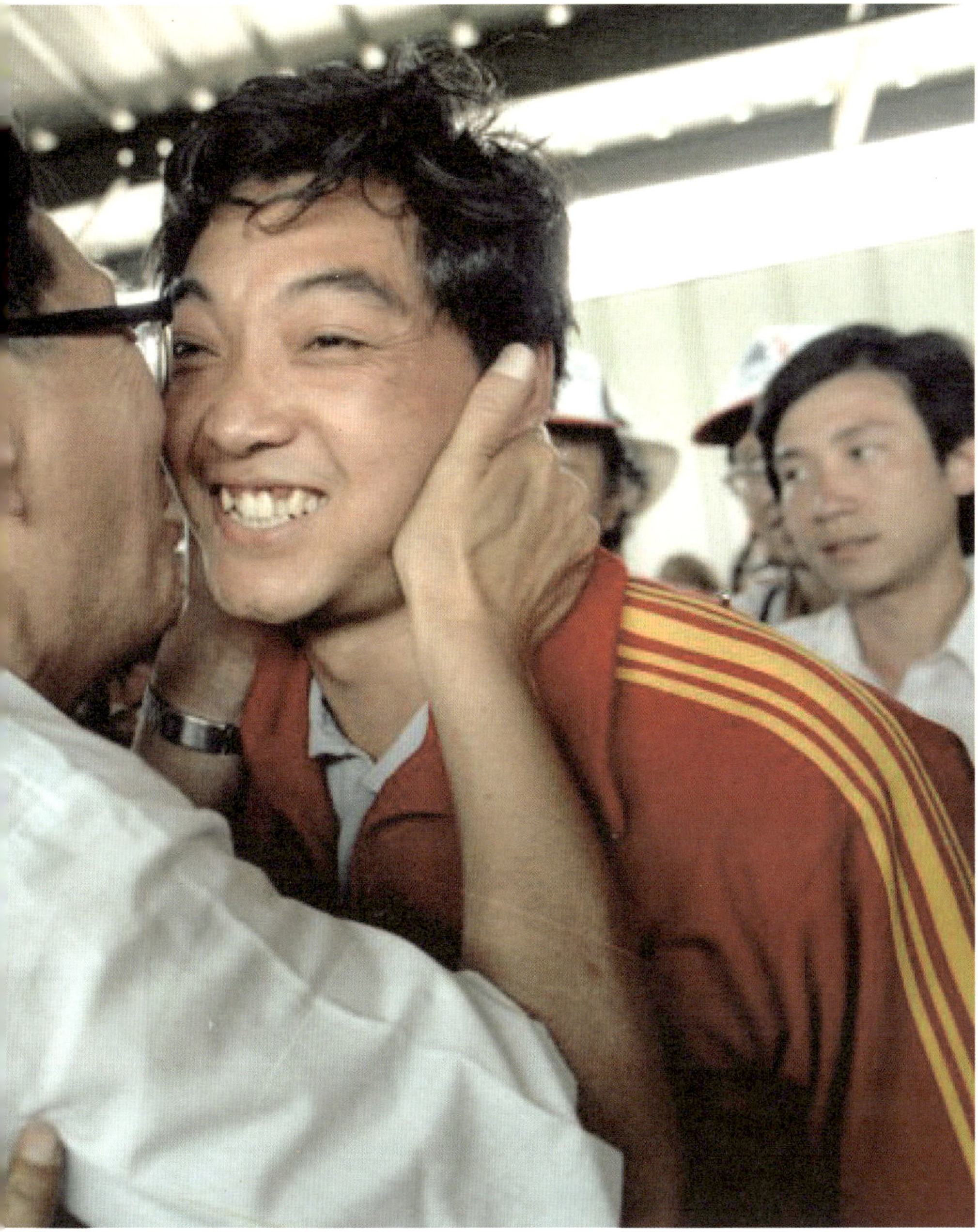

提起往日的成绩，许海峰总是非常谦虚，喜欢把成功的原因归结为运气好，机遇好。事实上，世界是公平的，运气总是留给有准备的人，所有人的机遇都是同等的。但是，有的人没能把握住一次又一次的机遇；有的人在机遇来了以后，浑然不觉，并没有把这当成是一个机遇，等事情过后，回过头一想，当时要是如何如何，现在可能就不是这样了。世上没有后悔药！有些人总是会未雨绸缪，时刻准备着，只有这样，当机遇出现之后，才能触手可及，不让它从你的指缝中悄悄溜走……许海峰就是这样的人。

在中国，一个运动员的成功，往往倾注了国家的培养、自己的刻苦努力，更重要的还有教练的指导和帮助。在射击这条路上，几位教练对许海峰的帮助非常大，且过程非常传奇。许海峰认为每个教练都很重要，因为所处的时期不一样。第一个指导许海峰的王教练是他的启蒙教练。当时如果不是他点头，许海峰未必能到地区队参加训练，或许根本就不能走上职业射击运动员这条道路。虽然王教练带他的时间最短，也就两个月，但是对于许海峰走上职业射击这条路是非常重要的。许海峰进国家队以后，李培林教练上来就让他打了一个月密度。打密度就是不看靶纸，给50发子弹，打完以后，李教练就把靶纸给收走了，连看都不让他看。许海峰当时实在是憋不住，心里想，打完一天不让看靶纸，哪有这个道理？但是这种想法还是被许海峰控制住了，教练说不让看，就忍住不看，但是射击队里有的人就忍不住去偷看。慢慢地，许海峰心里琢磨：教练这样安排肯定有他的用意，所以坚决忍住始终不看。实际上打密度是练基本功最好的方法，就是要让运动员把所有的注意力都放在动作上，不要在意成绩。当时，李教练足足憋了许海峰一个月。后来李教练每个星期六就把这一个星期的靶纸拿给许海峰看。通过每一天的对比，就能看到成绩一天比一天好。再等到一个星期结束之后，把靶纸拿过来一看，又有进步。许海峰也就更加安下心来，接着训练了。

许海峰在洛杉矶给教练李培林买的挂钟，一直挂在李培林家中

因为只能去一个教练，许海峰的教练李培林没能去洛杉矶。得冠军后，许海峰感谢教练，给他买回纪念手表

国家队教练李培林拿着许海峰送给自己的纪念品说：许海峰是一个知恩图报的人，走哪儿都忘不了我

正因为这样，他的成绩提高很快。在许海峰的运动生涯中，还有一位安徽省队的欧德宝教练，也对许海峰帮助很大。可以说，每一个教练都在用他们各自的独特方式影响着许海峰，指引着他向更高的目标一步步推进。

许海峰身上的优点很多。他非常喜欢学习，知识面很广。他认为一个人知识面广了之后，做起工作来，就可以借助多方面的知识看待问题，就会拥有更多解决问题的办法。而知识面窄，解决办法就单一。因此，许海峰认为，自己人生经历丰富，之所以解决问题的成功率比较高，首先就是知识面广。

许海峰还喜欢研究。这也跟知识面有关。比如一件事来了，他先考虑这个事儿能不能干。如果要干，就要仔细思考这个问题的步骤、流程，每次在具体执行的时候，基本上都会按照自己设想的步骤来实施。许海峰在做运动员的时候，会研究影响“射击”运动的关键点是什么。最后得出结论：射击的关键点有三大技术，一稳，二瞄准，三扣扳机。其中，扣扳机最关键，最后是发射。扣好扳机，首先要研究枪支的晃动规律，怎么晃动最佳？什么时间是最佳时间？一旦研究明白，射击运动员射击就要晃动到10环上，再射击。一旦这个规律研究出来，训练的时候就按照规律。许海峰在训练的时候找到了枪支晃动的规律，在什么时机击发出去就变得胸有成竹了。

后来，许海峰做教练的时候，他就思考什么是优秀教练。根据他作为运动员的经验来看，教练能够帮助运动员在比赛中把平时的状态发挥出来，就是优秀教练。但如果在比赛中，运动员打得一塌糊涂，状态不稳定，教练就不是好教练。技术、状态、心理，很多都是影响运动员发挥的重要因素。所以，作为教练，首先要明白这些影响因素，然后将这些因素一个一个帮助运动员调整好。在许海峰担任教练员的十年时间中，一共带了四十个运动员。当时是没有教练敢这样干的，一般教练手上都不会超过十个运动员，只是许海峰善于总结经验，因此可以将规律性经验比较广泛地向运动员传输。

后来，许海峰调去国家体育总局自行车击剑运动管理中心主管现代五项。这个项目1981年才成立，当时我们国家最好的成绩是拿到了世界锦标赛青年冠军，奥运会最好成绩是第十六名。后来许海峰想，既然主管就要弄好。

但是许海峰心里也犯嘀咕，能不能把它弄好呢？于是他又开始研究，这个项目是不是适合中国人？如果现代五项这个体育项目不适合中国人，那只能在现有成绩上有点进步，但不能成为优秀项目。如果一旦判断这个项目适合中国人，那到目前为止还没有做出成绩，这里面就一定有问题。经过许海峰研究，这个项目是适合中国人的。后来，他花了三个月的时间，找到了全部问题的关键，有了目标，解决问题就变得容易了。当时，许海峰分管这个项目，七个月就拿了世锦赛冠军。后来，这个项目的奥运会最好成绩是第二名。提到这一点，许海峰还是有一点遗憾，因为当时比赛的过程中还是有一定的失误，否则成绩会更好。许海峰退休后，这个项目的成绩有所下降。

许海峰还有个优点，就是干一行爱一行。他自己也非常自豪，表示自己干哪行都能行。前提是你得喜欢，你不喜欢就干不好。很多家长希望小孩当音乐家，但那是家长的愿望，小孩子没有几个喜欢的。但孩子玩游戏，就玩得非常好。所以哪怕不喜欢，也要培养和找到做这件事情的乐趣，让他喜欢。

自信——这是许海峰性格中最大的特点。许海峰说："我的特点就是自信！再就是工作起来有条不紊，时间观念特别强，要求准时，如果有人迟到，我会特别不开心。然后大概就是善于学习和思考研究。当然更重要的是，我对射击着迷。"正是因为有着强烈的自信、精准的控制能力、钻研的总结思考能力，许海峰才能够从县里打到地区，从地区打到省里，从省里打到国家队，一个台阶都没落下，一步一步地站在了奥运会最高领奖台上。如果让许海峰和别人共处逆境，当别人失去了信心，他也不会迷失自己的目标。人生在世，如同子弹出膛，都要奔向自己的目标。没有目标的人生，就是脱靶的子弹。

今天，中国已经成为一个经济大国和体育大国，所以，有些人认为已经不需要再用奥运金牌来证明中国的实力和民族自信了。而许海峰却认为：中国拿金牌并不仅仅是为了证明什么！因为，赛场的奋斗是人类奋斗的一个缩影。对所有的体育运动员和体育爱好者来说，奥运会并不仅仅是一场体育盛会，它更象征着世界的和平、友谊、公正和团结。每四年举办一次奥运会，意在塑造人的性格，锻炼人的意志，培养人的道德！人类只有在不断的竞争中，不断地向世界强手和先进水平挑战，不断地超越自我、超越他人，才能有所发展、有所创新、有所前进。

“做一件事情，要么不干，要么干好”，在许海峰不同的人生角色中，他始终做得非常成功，而拿下中国奥运历史首枚金牌，则是一记点睛之笔。它不仅仅成就了一枚奥运金牌，更是鼓舞了一代人的精神和梦想，这座丰碑是中国体育史上永远不会被人忘记的。

根据许海峰口述整理而成

肖燕、沈鹤　整理

2021年4月26日

★电影文学剧本

许海峰的枪

编剧　王兴东　王放放

第一章　超龄落选

1. 目标就是人生

当许海峰（22岁）第一次参加安徽省射击比赛时，每一枪都牵动着家乡供销社一位姑娘的心……

气步枪被掰开，填入一颗铅弹，进膛。

气枪有力地复合，端起。

透过准星口，反观射手瞄准的大眼。

食指搭在扳机上，屏住呼吸……

许海峰画外音：“……那是我第一次代表巢湖地区，参加全省的运动会，我的目标很清楚，只要打下前三名，就可以调到安徽省射击队，从事专业的射击训练，实现我梦寐以求的理想……”

2. 新桥镇供销社卖布的特写

红布被女人白皙的手猛地从中间撕开，露出马静（21岁）秀美黑亮的大眼，高挑的鼻梁，脸颊被红布映衬得红润润的，嘴角上闪现一抿粲然无邪的笑。

她的双手灵巧地把钱和发货票夹在铁夹子上，挂到悬空的一条闪亮的钢丝上，准备发射到收款处……

马静的画外音："……海峰，咱们说好的，只要你打下冠军，调到省里，我就嫁给你……"

3. 射击场

食指扣动扳机，子弹射向靶子。

砰！

4. 供销社

女人的手猛力甩动铁夹子。

唰！铁夹子夹着钱票沿着长长的钢丝像子弹直射收款台。

5. 射击场

气步枪再次被掰开，装弹。

端枪的动作刚劲有力。

枪托上刻有“许”字。

击发！

6. 供销社

一个铁夹子夹着钱，唰地甩向钢丝对方。

马静利落地撕开一块蓝花布。

7. 射击场

铅弹装入了枪膛。

对面的靶子。

8. 供销社

发射的铁夹子在空中带钱沿线直射出去。

收款员果断地在票据上盖章。

9. 射击场

各个靶位的青年射手，举枪瞄准，一一扣动了扳机。

子弹击靶的声音。

10. 供销社

简陋而热闹，各个柜台的发票夹子，从不同的方向发到收款台。

一个个夹子从不同线路，交叉地飞来传去，产生一种声音的情绪。

11. 射击场

靶纸上显示10环。

许海峰继续装弹，目不斜视地盯着靶子。

额前那绺卷发滑落下来，他用一个黑色发卡夹住了卷发。

砰！

12. 供销社

马静用尺如梭，飞快地丈量布匹，动作敏捷，抖起的布面，瞬间被撕开。

“刺！”断然利索的撕布声，显示技能的准确。

13. 射击场

“砰！”许海峰掰枪，装弹，击发，靶纸上显示10环。

赛场上方写有“1979年安徽省第四届运动会”的大横幅。

许海峰与数位运动员并排比赛。

吴教练（40岁）瘦高个子，站在许海峰的身后，双目圆睁，盯着成绩：“不要急，还剩三枪，感觉不对，可以停一下。”

许海峰压低声音：“后边拿望远镜的，是监考官吗？”

吴教练制止他：“不要管他。”

许海峰：“他一直在盯着我。”

吴教练：“你盯着靶子，最后三枪，只要拿下前三名，后边的事是我的！”

看台上，欧阳迪（42岁）举着望远镜，身边放着一瓶古井贡酒，

默然巡视。

省射击队的刘主任前来视察。

许海峰又打了一个10环。

后台的欧阳迪放下望远镜，鹰一样的眼睛掠过一丝惊奇，呷了一口酒。

刘主任看到成绩表：“哦，成绩不坏。”

吴教练：“省队选拔，我们巢湖就推他了。”

“许海峰？”刘主任看着名单，审视着许海峰据枪的姿态和击发的动作。

欧阳迪从望远镜里看到几只蜜蜂盘旋在许海峰头前，干扰着他的射击动作。

坐在观台的三弟许海波（16岁）站起来：“大哥，有蜂子。”

吴教练一脸严肃地把许海波按下去：“不许出声，影响你哥注意力！”

许海峰举止未动，任蜜蜂绕枪飞舞，镇定如常，沉稳地扣动扳机。

报靶：9环！

许海峰又压入一颗铅弹……

欧阳迪举起望远镜，看到一只蜜蜂叮蜇许海峰胫部，难以自拔……

许海峰瞄准目标……

14. 供销社

铁夹子在空中沿线直射，夹着一张报纸向收款处奔去。

会计一怔，见是马静发过来的，打开《安徽日报》，看见许海峰得冠军的照片。

转手把夹子发向卖化肥的方向："许主任，你儿子得冠军了！"

宽敞的供销社内沸腾了，买货的、卖货的齐拥向穿中山装、戴着套袖的许银芝（52岁），他打开报纸，端详许久，手有些抖动。

会计："老许，你儿子真有能耐，得冠军了！"

许银芝看着报纸只是笑，没有说话。

会计："咱马静瞄得也很准呀。"

马静："我又不打枪。"

会计："你打中了全省冠军呀！"

马静笑得一脸赧然，双眸溢彩。

15. 新桥镇许海峰家厨房里

母亲徐义英（45岁）端起铁锅里熔化好的锡水，小心地倒入木头留有的小细槽里，灶台旁边放着废旧的牙膏皮和锡纸。

妹妹许海芸（20岁）："妈，我来切吧。"

母亲："你哥打枪，铅弹太费了！"

许海芸将凝固的锡铅丝在菜刀下一块块切成小方弹。

这时，许银芝春风满面地进屋，手里提着酒和鱼肉，往桌上一放："老伴儿，把那锅腾出来，别熬那牙膏皮了！炖小鸡！"

徐义英一怔。

许银芝："海峰40发打了387环，拿个冠军！"

许海芸："我哥得金牌了！"

许银芝把报纸一亮："……榜上有名。"

许海芸看过报纸："……这儿，全省气步枪射击第一名！"

母亲乐得合不拢嘴："海峰这是中武状元了！"

许银芝："给他买枪那天，就盼着有今天，总算给他老子长脸了。"

母亲："看把你美的。"

许银芝："海峰选拔到省里，一显身手，打得会更漂亮。"

许海芸："妈，你不用熬这锡铅弹了！"

母亲拿出一个像烟口袋大小的皮布袋，将切好的锡铅子弹装入袋里。

许银芝："……等他回来，咱也按部队的规矩，喝庆功酒！"

墙上，镜框里一些黑白照片留下许银芝军旅生涯的记忆。

徐义英："……是不是把马静妈妈也请来，他俩的事儿，也给定下来。"

16. 安徽省射击训练队主任室

吴教练满脸涨红，愤然地质疑："为什么不能录取许海峰？这说不通呀！"

刘主任："这批录取的运动员，都要15岁的。"

副主任："老吴，许海峰是1957年生的，22岁了，年龄大了。"

吴教练急了："他打了冠军是不是？"

刘主任："没错。"

吴教练："他破了省纪录对不对？"

刘主任："没错。"

吴教练："省队不录取他，天理不容，我这都卡了壳！"

刘主任："老吴，不能录取他，我们也觉得遗憾，没有办法！"

吴教练扯着嗓子喊："你们想法纠正这个错误……"

17. 安徽省射击训练队射击场

许海峰胸前戴着金牌和三弟许海波兴致勃勃地参观省队射击场，

见有几位十五六岁的年轻运动员，穿着“安徽省射击队”运动服在训练。

许海波：“教练，气步枪射击场，也在这儿吗？”

欧阳迪一指：“那边！”

许海波：“你是教练吗？”

欧阳迪摇摇头。

许海峰：“大赛你一直在场。”

欧阳迪：“我也是刚从工厂调过来，熟悉一下情况。”

许海波：“我哥进省队，住在哪儿？”

欧阳迪：“接到录取通知了吗？”

许海峰：“吴教练在给办手续。”

18. 安徽省射击训练队主任室

吴教练继续打抱不平：“……他才22岁！老了吗？”

副主任推给他文件：“国家的新规定，学员培养要以1960年后出生的为主。”

吴教练：“他有射击的天分，我发现的苗子错不了，刘主任，求你了……”

刘主任：“文件，文件是个杠。”

吴教练：“什么文件都有灵活性，他是知青，还在乡下，能打出387环的成绩容易吗？给他一次机会，就是给他一条出路……”

副主任：“老吴呀，不明白，你怎么这么能磨呀？”

吴教练：“给他机会，等于给我们巢湖一个机会！任何原则，都有个特殊性，请再考虑考虑……”

电话响了，刘主任接起电话：“……黄中主任吗？”

19. 北京·国家体委副主任办公室

黄中（64岁）头发斑白，精神矍铄，是中国资深的体育领导：“……射击运动员出成绩年龄是18岁，这个选手都22岁了，要达到国家队水平，最快要四年。世界水平呢，正常也要三四年，到那个时候，他30多岁了，射击的黄金期没了，这账你算不开吗？”

刘主任的声音：“他是省里气步枪的冠军呀！”

黄中：“刘舒呀，选才的眼光必须放远，体委下的文件是有目标的，目标很明确，要为五年后的奥运会培训人才……”

20. 安徽省射击训练队大门口

许海波不解地说：“我哥这金牌不是白拿了吗？太不公平了！”

许海峰和弟弟围着情绪沮丧的吴教练。

吴教练无可奈何地说：“海峰，回家吧。”

许海峰心情压抑地抬起头来，仰视远天。

吴教练：“前后83天的训练，成了这个结果。”

许海峰倚墙而立，仰视天边遮挡阳光的浮云，握枪的手更紧了。

吴教练：“海峰，你说你要小五岁多好！”

许海波：“让我哥小五岁？”

吴教练：“录取1960年以后出生的。”

许海波：“早知道这样，就不该来参加这个比赛。”

吴教练：“比赛可不分年龄，就是50岁也可以参加射击比赛的，人家这是培养奥运会的运动员！”

许海峰思忖片刻，把枪扔给了许海波，转身往院里去。

吴教练叫住他：“海峰。”

许海峰眼里冒火：“我不能这样不明不白地回去！”

吴教练：“你要干什么？”

许海峰：“我是不是一枪一枪打出来的？”

吴教练：“这没假。”

许海峰：“比赛是不是要择优录取？”

吴教练：“这些我都跟他们讲过了。”

许海峰继续辩解：“现在是不管黑猫白猫，得能抓鼠，不管我年龄是大是小，能打出成绩，为什么挡住我？”说着，愤然地向院里走去。

吴教练冲上去，抓住许海峰的手腕，严厉地劝阻："许海峰！"

许海峰激愤的眼里充满恳求："吴教练，你知道这枪的分量，我怎么向我爸我妈、马静交代呀？"

远处传来射击场上的阵阵枪响。

吴教练慢慢松开了手。

许海峰毅然向着办公楼走去。

21. 公交汽车行驶在乡间土路上

许海峰和许海波心情沉重地坐在公交汽车的后座上。

满眼的油菜花，一片绿黄。

许海峰抱着气枪，像颗压进膛里的子弹，面含击发前的沉默。

许海波手里摆弄着那枚奖牌。

突然，许海峰从弟弟手中夺过奖牌，扔出车窗。

许海波："哥!"

乘客有些诧异。

许海波看着奖牌落在路边，转眼埋没在了烟尘中。

许海峰面无表情地看着前面，弯曲的公路。

22. 和县汽车站旁

马静在等待着许海峰。

许海波郁郁寡欢地下车。

人都下车了。

马静追问："海波，你哥呢?"

许海波低头无语，走开了。

23. 通向知青点的山林小路

许海峰知青点的易邦发和刘三铁来迎接。

刘三铁："什么？你不是拿了冠军吗？"

许海峰："吹了。"

易邦发："你不回家了？"

许海峰："送送小骆，陪他最后吃顿送行饭。"

易邦发："小骆接他爸的班，晚上回南京。"

刘三铁："去无线电厂上班。"

许海峰："三铁，你报考的大学发榜了吗？"

刘三铁："等通知。"

插队知青住宅区，房上冒着炊烟，房檐吊有广播喇叭，墙上挂着红十字牌，写着"太基大队医疗站"。

24. 许海峰家

许海波回家汇报后，气氛如铅一样凝重。

饭桌摆着的酒肉如同冻结，无人动筷，全家沉闷。

许银芝抽着烟，眉结隆起，许久无话。

母亲："……海波，你去跟马静家说一声。"

许海波："不用了。"

母亲："还是说一声，要不人家来了，多不体面。"

许海波："马静她都知道了。"

母亲叨咕着："……马静妈妈说了，海峰不进省里，她姑娘不会嫁给儿子的。"

许银芝一拍桌子："海芸，把酒都撤下去。"

许海芸不情愿地撤下酒桌。

许海波一肚怨气地跑进自己屋里，扑到床上。

墙上，挂着大大小小的七把弹弓。

母亲埋怨的声音："海峰也是，就是遇到天大的事儿，也得回家跟父母说说，怎么连家也不回呀！"

许银芝："冲这个，他不配做枪手。"

许海芸："爸，刚才你还说大哥给长脸了！"

许银芝："打枪的就得想到遭遇冷枪。"

25. 知青屋内厨房与工具库

四兄弟酒足饭饱，叫小骆的知青端着碗和筷子，饱含别离之情："诸位仁兄，大家一起吃住五年，相濡以沫。按咱们这屋的规矩，谁吃完最后一顿饭，把筷子留下。原本今天是送我和大哥的，没想到海峰大哥天有不测，我，先走了。"说着，把手里的竹筷钉到工具库的墙缝里。

在一条墙缝，沿线钉有五双竹筷，承挂着主人留下的旧农田鞋、旧毛巾、旧牙缸、旧饭盒等知青物品，令人联想此屋当年的主人。

小骆摘下草帽，挂在筷子上："再见了，知青生活。"

许海峰："到南京，我去看你。"

小骆依依惜别："大哥，在这最难忘的是，渴了，三铁去偷西瓜，饿了，大哥给我们打麻雀吃。你的枪法是这个，我不是安慰大哥什么，等我发了工资，给大哥买把气枪送来。"

易邦发："不用不用！我和大哥说好了，要打，就去打7.62子弹的真枪！"

26. 县武装部征兵体检安排在一所学校里

一个模糊的字母逐渐从虚变实，检验视力表的字母“E”。

“右。”许海峰肯定地回答。

一位军医点点头，然后从倒数第二排的字母轻快地滑动到了最后一排的字母。

许海峰像是瞄准一样，手势：“上。”

“好。请下一名。”

易邦发向许海峰使了个胜利的眼色。

女医生：“叫什么名字？”

“易邦发。”

27. 外科体检室内

易邦发和许海峰脱光衣服进来，十几个应征男青年排队，健壮的肌肉令人联想起“用我们的血肉筑成我们新的长城”，量身高，称体重。

墙上贴满了宣传征兵的标语。

一位穿军装的年轻女护士，大口罩上露出黑亮的眸子。

易邦发和许海峰下意识捂着前身重要地方。

女护士：“易邦发！”

易邦发走向男军医。

男军医戴上胶皮手套为他检查：“把手放开。”

易邦发做个无奈的动作。

女护士在体验表上填写。

男军医的声音：“……泌尿生殖器系统未见异常，无小肠疝气，双睾无异常。转过去。”

女护士在体检表上记录。

易邦发面有窘态地站立着。

男军医：“弯腰，屁股撅起来，张嘴。”

站着待命的许海峰一直用手捂着身前。

易邦发在指检时叫了一声：“哎哟！”

女护士惊讶地看他一眼。

易邦发做出满不在意很有把握的表情。

男军医摘下手套：“无内外痔，一切正常。”

女护士：“下一个，张传金。”

许海峰着急了：“军医，下一个是我吧？”

女护士：“你叫什么名字？”

“许海峰。”

女护士找到体检表：“你这科不用检查了。”

许海峰：“为什么？”

女护士：“你去找曹连长吧！”

许海峰满脸疑惑。

28. 学校的征兵体检室外

马静和许海波在外边等待，不时向窗内张望。

很大的横幅上写着“响应祖国号召，青年应征入伍”，挂着彩色气球。

这时，一脸胡楂儿的曹连长（32岁）拿着征兵表带许海峰出了体检室。

许海峰：“连长，我体检不合格？”

曹连长：“是政审。”

许海峰："政审？"

曹连长："有人举报你隐瞒年龄。"

许海峰有些尴尬："年龄？"

易邦发急忙说明："曹连长，武装部没跟你打招呼？他是全省的神枪手，破格应征。"

曹连长打量着许海峰。

29. 操场一片空地

曹连长向天空放了一个红色气球。

许海峰端起自动步枪瞄准，扣动扳机。

枪响，球破。

曹连长又放了一黄一红两个气球。

枪响，黄球落下。

红球飘高了。

许海峰瞄准，一枪击破。

远处的马静也看到升高的气球被打落下来。

曹连长："你什么时候打过五九式步枪？"

许海峰："7岁。"

曹连长："7岁？你爸爸在福建当教官时？"

许海峰："是的，我从小就想当兵。"

曹连长试探地问："是啊，当兵和当农民待遇不一样。"

许海峰："主要是我们这个地方，有从军尚武、报效国家的传统。我爸16岁就参军了。"

曹连长："你已超过22岁，法定的年龄。"

许海峰："连长，上了战场，敌我双方不查户口，要用枪杆子说话，对吧？"

曹连长："你这么自信?"

许海峰："我们这是出将军的地方，冯玉祥、张治中就是巢湖的，抗日名将。连长，你带我入伍，我决不会给你丢脸的。"

曹连长："好啊，你还想当将军?"

许海峰："不想当将军的士兵不是好士兵！拿破仑……"

曹连长摆手打断："我不带你走呢?"

许海峰："你不可能不带我走。"

曹连长："真不能带走的话?"

许海峰："你会后悔的。"

曹连长："我后悔?"

许海峰："一定。"

易邦发走过来说情："连长，大哥是百里挑一的精兵。"

曹连长："你真哥们儿呀，你能打几枪吗?"

易邦发为难地说："我？我俩出去，他打枪，我递子弹，他射击，我捡麻雀，没法比。"

曹连长拍着易邦发肩头，回应许海峰："我的连队，就是造神枪手的。易邦发!"

易邦发："到!"

曹连长下达命令："枪带上，送给张排长!"

易邦发只好提枪向后转，回望一眼许海峰。

曹连长看着不愿离开的许海峰，自己拔腿走开。

许海峰停顿片刻，突然追了上去，语气变软："曹连长，请你理解我，当年你入伍时，是不是和我一样的心情?"

曹连长停住脚："像你？说话像子弹不知道拐弯!"

许海峰点着头："曹连长，只要能让我当兵，我什么弯都能拐。"

曹连长一直板着的脸，释怀一笑："哈哈，我很欣赏你，打枪稳准狠，说话直来直去。"

许海峰兴奋起来："你要带我走？"

曹连长："需要拐点弯。"

30. 许海峰家

许银芝一拍桌子："……我不能去，乞求别人，为儿子当兵走后门！"

许海峰："爸，曹连长说，他们的赵师长和你在南京步校是同学，你还是他的班长，只要你打个电话，师长点头，带兵的就没责任了。"

许银芝："法有明文，群众有眼，让人家说你是后门兵，你脸上光荣吗？"

徐义英："你呀，一到关键时候不敢勾火，别人有这关系，早就黏上去了，人家连长指了路，你都不去走？有你这样当爸的？"

许银芝："我的儿子，要靠自己，不能靠老子。"

许海峰："爸，你说我靠你什么了？论枪法我没给你丢脸，论年龄，我没办法！"

徐义英拿出户籍簿："老伴儿，你要不去说这个人情，那我就去给儿子改户口，把年龄改小。"

许银芝断然制止："亏你想得出来，弄虚作假，违反规定的事儿，不能干！"

徐义英："那你给部队求个人情！"

许银芝摇摇头："有人举报，我再去说情，这不是给人家招风惹事吗！"

徐义英："怕丢面子，可海峰丢了机会，还有下个店吗？我问你！"

许银芝缄默了，深深地叹了一口气，狠命地抽烟。

许海峰眉头紧锁，低思无语。

徐义英抓住那个小皮袋："当初，你给他买气枪，不就是想让他到部队有发展，将来带兵打仗。这一下子卡在年龄上，你说多倒霉。"

许银芝："国家文件就是杠，咱能越杠吗？"

母亲抱怨加愤慨："都是下乡插队给耽误了，不能让海峰在乡下待一辈子！"

许银芝："你办退休，让海峰接班回供销社。"

徐义英："那我就退。你也就是退退退，就不能去攻一下？"

许海峰恳求："爸，我给你保证，到了部队，我进特务连当狙击手，你在家就等我的立功喜报吧！就求老爸你这一回了！"

许银芝双眉紧蹙……

31. 镇淮楼

太阳停在西天，欲去却还未去，镇淮楼被镀上一层锈红。

许海峰和马静伏在城墙上，愁绪像风掀动黑发。

马静稍有埋怨："你爸可真是，关系不用，过期作废，怕什么呀？"

许海峰："他怕触犯国家规定，说我是走后门。"

马静："你爸呀，老拿文件当准星，一辈子了，在部队是副营，回供销社也才当个副主任。"

许海峰："你没有资格说他，他参加过解放战争，受过伤。"

马静反讥："自己儿子的事都不给办，怎么能替别人办事？送子参军不是坏事！"

许海峰："我当兵走了，你呢？"

马静："随军。"

许海峰："你随军？"

马静："你肯定比你爸强，能当大军官。"

32. 和县太基大队知青宿舍

穿上新军装的易邦发把筷子钉上墙，挂上一只手电筒。

刘三铁把自己的筷子也钉到墙上，挂上赤脚医生手册，转身把医药箱交给了许海峰。

三人把酒饮尽，墙上一排筷子承载着告别知青的最后纪念。

许海峰攥着手里的筷子，往桌上一拍，强颜欢笑："我是大哥，理应送走你们所有人。"

目光相对，一切尽在不言中。

33. 太基大队水田里

许海峰肩挑着秧苗，在泥泞地里一跐一滑走来。

乡亲们议论："得个冠军，没调走。"

"听说当兵让人举报了，谁那么损？"

垄台上，放着那个医药箱。

"这年龄大了，什么都耽误了。"

"不耽误找媳妇就行！"

34. 供销社

马静在卖布，心情不爽，甩出的铁夹子沿线无力地滑动。

35. 通向知青宿舍小道

暮霭四起，柔曼的黑纱悄悄地笼罩了山林。

许海峰提着枪，形容委顿，踽踽地走回。

36. 太基大队知青宿舍

厨房的对面墙上，八双筷子挑着离开主人们的纪念物……

灶台上，许海峰的碗和那双筷子，一只猫在舔食碗里剩食。

许海峰呆立屋中的影子显得尤其孤寂、萧然。

房梁上，一只蜘蛛拉出长长的丝，挣扎地向上爬去。

37. 许海峰家

夜，母亲徐义英在灶台前，用废旧锡物在熬锡铅弹。

父亲拨动着算盘，记账……

38. 太基大队知青宿舍

东山坡吐出青凌凌的颜色，天快明了。

许海峰眼睛似翕非翕地难以入眠。

传来暗号式的敲门声。

许海峰有所警觉地打开灯。

门外一个姑娘的声音：“三铁！三铁！是我。”

许海峰：“他不在了。”

姑娘的声音：“三铁走了吗？”

许海峰：“回上海了。”

姑娘的哭泣声：“他为什么要骗俺，说要把俺带到城里，俺才给了他，他是骗子……”

许海峰烦躁发泄地一枪打灭了灯泡。

门外姑娘的哭泣声，哑了。

许海峰倒在床上，两眼直勾勾地望着梁上摇晃的打碎的灯头。

39. 许海峰家

母亲徐义英用刀切着熬好的锡铅条，制成锡铅弹。

40. 太基大队知青宿舍

这时，有人急促地敲门。

许海峰躺床未动。

敲门声一声紧过一声："三铁在吗？"

许海峰不紧不慢地说："他走了，别来找他！"

继续敲门："快！快救命，我老婆要生孩子了。"

许海峰："到卫生院去！"

"不行！来不及了。"

许海峰："别在这耽误工夫！"

"你不是赤脚医生吗？"

许海峰蒙头盖被："不要找我！"

41. 晨雾中的河岸

小船上，产妇临产前的惨叫声从乌篷船内传来。

男船主站在船头焦急万分，满面凄苦，无奈地向里边张望。

那支气枪搭在船尾部，许海峰已跳上船头，从卫生箱里找出剪刀和酒精。

船主激动地安慰妻子："秀娟，大夫来了！"

许海峰："从哪边接生？"

船主被问愣了："啊？腿在那边，那边！"

许海峰从乌篷船尾部一头钻进舱内。

女人阵痛的叫声飘漫在江边，凄楚无比。

许海峰又退出来了。

船主疑问："你接生过孩子没有？"

许海峰："没有。"

船主："你偷过西瓜没有？"

许海峰："那，偷过。"

船主："说你们那个最能偷瓜的最会接生了。"

许海峰："他呀，走了。"

分娩前妇女的呻吟。

船主："秀娟，别叫了，他就是那个偷西瓜的，不要怕。"

许海峰反身钻进舱内，扔出女人带血的内裤和纸……

42. 乌篷船在河上

产妇的阵痛加剧，带动船儿也在江面上挣扎摇动，渐渐脱离岸边。

许海峰捧着《赤脚医生手册》在船尾喊："我叫你用力，你再用力！"

船主紧抱着妻子的头部："秀娟，你听大夫的。"

许海峰："不要紧张，要放松。"

突然外边下起雨来。

产妇的阵阵呻吟，许海峰有些紧张地跑出，又翻看着手册。

船主跟着探出头来，满眼焦虑。

产妇剜心蚀骨的喘息和尖叫。

许海峰提着剪刀又钻进舱内了。

船在剧烈晃动，那支气枪悄然被晃掉到江水里。

雨水击打在乌篷船上。

许海峰的声音："用力！用力！叫，叫，使劲地叫吧！"

女人一声撕裂人心的号叫，刺破浓雾紧锁的江面，呼唤一个生命的挣扎出世。

江水在船后甩出一个个漩涡。

许海峰满手血迹，提着割下的脐带走出，像摘下的瓜蒂，投入水中。

突然，他发现自己的气枪不见了，急了，一头扎到江水里。

许海峰探出水面，又扎下去，水中寻枪……

43. 太基大队知青宿舍灶房

山峰初醒，朝云出岫，知青灶房上炊烟袅袅。

许海峰满身泥水，蓬头垢面，心情沉重地背着医药箱，踏着雨后泥泞归来。

推门一看，桌上摆好了饭菜。

母亲徐义英在灶前烧水。

"妈！你怎么来的？"

母亲："看你这身泥水！去哪儿了你！"

许海峰掩饰："我去……摘个西瓜。"

母亲："又去偷瓜了？"

许海峰模棱两可地点头。

母亲："像是活不起似的，妈不想看你这样呀！"

许海峰："妈，我没事。"

母亲："一大早，人不在屋，饭也不做。枪呢？"

"丢，丢了！"

母亲:“丢了?”

许海峰:“真的丢了!”

母亲:“是你扔了,还是被人偷了?”

许海峰:“我不想打枪了。”

母亲竭力压制心中的凄楚,从小皮袋里倒出自制的锡铅弹,摆在桌上。

许海峰无言以对:“妈,别生气。枪,真的丢了。”

母亲:“跟你爸爸那儿交账吧,我不生气,饭好了,水烧了,把脸洗洗,不想看你这模样。”说着,去端那盆热水。

许海峰抢先把水端来,又提着凳子放在母亲面前:“妈,你先坐。”

母亲坐下:“这几天,我和你爸睡不着呀,人家招工的,当兵的,上学的都走了,就剩你了,没想到你这日子过的……”

许海峰把母亲的脚抬起来:“妈,我给你洗洗脚吧。”说着,给母亲脱鞋。

母亲:“海峰,你不用安慰我。”

许海峰:“走这一路,你够累的了。妈,我今天一定给你洗个脚。”

母亲:“海峰,告诉妈,出了什么事儿了?”

许海峰抱起母亲的双脚,轻轻地放入盆中:“妈,你养我这么大,我没尽一次孝,本想打个冠军,调到省里,将来把你和爸都接到合肥养老。”

母亲:“你有孝心妈知道。眼下,是你连正经的工作都没着落,怕连媳妇都找不到呀!”

许海峰:“不是年龄给卡住了吗。”

母亲:“你也不要抱怨你爸,当兵的事儿,他后来找人问过话了,部队也不想因为老许家一个孩子,闹个不正之风。”

许海峰默然为母亲洗脚，安静得只有洗脚的水声。

母亲掩饰心里的痛苦，看到那排筷子留下告别者的物品，用手轻轻地抚摸着儿子的头，泪水悄悄地从眼角溢了出来。

许海峰半跪半蹲地低头为母亲洗脚。

母亲再也抑制不住地说："海峰啊，咱不怨部队，也不怨省里，你也不要怨你爸，更不能怨人姑娘家，也不怨你没机会，怨就怨你妈吧，我把你，早生了四年啊！"

母亲的自责，犹如锥刺，他跪抱着母亲的腿："妈，怎么能怨你呀。"

母亲："咱差的不是能耐，是生辰年月，委屈你，妈也跟着委屈，你生得不是时候！命苦。"

许海峰含泪抬起头："妈，不说了，这命，其实在自己的手里！"

母亲发抖的手抚在儿子肩头："你心里难受啊，别去偷瓜，想哭，你就哭出来吧，海峰，当着别人的面儿，别像丢魂儿似的，让人瞧不起，当着弟妹面呀，你要挺着，你是老大！"

许海峰抓起母亲的手："妈，儿一定要活出个样来！"

母亲眼里一亮："妈就是要你这句话来的，海峰，把枪找回来吧！"

许海峰抓起子弹袋："妈！除了枪，好

像我什么都干不了！我要补习，来年去考大学，当个医生。”

母亲：“当医生？”

许海峰：“做医生不限年龄。”

母亲急忙擦脚，穿上鞋：“去，把枪找回来！”

许海峰：“找不到了。”

母亲：“你年龄卡住了，老三还小啊，你爸说，许家的男孩不能没有习武的！”

突然，门被推开，那个船主和一位年长者抱着婴孩前来答谢。

“许大夫，谢谢你救命大恩。”

年长者捧起一筐鸡蛋：“大恩大德，给俺接生个大孙子！”

母亲惊愕：“你们弄错了吧！”

船主：“没错，许大夫忙着接生，枪丢到江里了！”

许海峰揉搓着双手，看着母亲：“妈，我生下来也是这样吗？”

母亲一悟，一喜，本能地抱起婴儿：“这孩子，比你命大！”

那筐红皮鸡蛋和那袋子弹……

44. 供销社

一张易邦发的穿军装五寸照片，在夹子上飞传着。

会计看到了说：“你看易主任家大小子在部队多有福气！”

夹子在马静眼前滑过，露出羡慕之色。

45. 巢湖地区射击队办公室

吴教练愤然地把许海峰扔掉的那枚金牌，锁进了抽屉里。

急急地走出房间，把门也上了锁。

46. 太基大队的树林中

夕阳在树梢上，燃亮了一簇簇火焰，清脆的枪声响起，燕雀惊飞。

47. 太基大队知青宿舍

枪声激起了许海峰的警觉，忙把灶火推进灶膛，提起镰刀就冲出来了。

看见路边停了一辆熟悉的自行车。

许海峰循着枪声跑去："马静！"

马静正握着一把小口径手枪瞄准麻雀。

许海峰上去一把夺过枪来："哪来的枪？"

马静："舅舅借给我的。"

许海峰："你没有枪证是犯法的。"

马静瞄准树上的麻雀，扣动扳机，打了一枪。

"浪费子弹。"许海峰把枪接过去，下意识地瞄准一只麻雀，把枪又放下了。

马静："我想吃你打的麻雀肉。"

许海峰："不想打了。"

马静："不打把枪给我！"

许海峰："你胆够大的了。"

马静："再大也比不了你，敢从人家肚子里把孩子掏出来！"

许海峰："我是赤脚医生嘛。"

马静嫣然一笑："手枪你能玩得转吗？"

一句话激怒了许海峰，瞄准电线上栖息的麻雀，枪响后一只麻雀应声落地。

48. 太基大队知青宿舍灶房

用草灰烧熟的麻雀肉端上来。

马静吃得很香，嘴角沾着黑灰："给我打一百只。"

许海峰："一百只？"

马静："后天弄齐。"

许海峰："后天？"

马静掏出一个盒子："给你。"

许海峰打开，满盒小口径手枪子弹，面有难色："我不打枪了，复习英语，要考医学院。"

马静："我舅说你天生就是握枪把的，拿不了手术刀！"

许海峰："后一句是你说的。我干什么都能干好。"

马静："你的英语根本就过不去。"

许海峰："谁说的？"

马静："我问过赵老师了。"

许海峰有些尴尬："我二弟帮我补习呢。"

马静："你以为接生了一个孩子，就能当医生了？"

许海峰："你见过生孩子吗？"

马静愠恼地推了他一把，像被人窥破似的，白了他一眼："女人就这点秘密，都让你看到了，谈恋爱还有什么神秘感？"

许海峰："是更加尊重。"

马静："尊重？"

许海峰："我们结婚有了孩子。"

马静："我答应和你结婚了吗？"

许海峰："假如，假如我们有了孩子，不找别人接生，我全部操作，绝对保守你的秘密！"

马静羞赧地瞪大眼睛，猛地提起手枪对准许海峰："给我打一百只麻雀。"

窗外，洗过的衣服在风中摇曳。

许海峰站起来："非打不可吗？"

马静："一笔小生意，县城那家油炸麻雀馆，要收购，一毛钱一只。"

许海峰把手枪夺下："算我缴枪了！"

马静生气地把手枪往桌上一推："一百只！我答应人家了！"说着，赌着气跑出屋。

许海峰："马静。"

49. 知青房外的林间小路

马静翻身上了自行车，头也不回地猛蹬，黑色如瀑的头发在暮色的微风中飘舞。

50. 夜色笼罩的山村

一束雪亮的手电光照在树上，栖息的麻雀在夜眠中来不及睁眼，就应着枪声栽落。

许海峰顶进子弹，动作熟练敏捷。

许海波手持长手电筒，照亮树枝："哥，这儿！"

许海峰随后手起，枪响，雀落。

手电光照射着电线上的麻雀，光到弹到，麻雀掉下。

手电光指向房檐，枪响后麻雀从房檐栽掉地上。

许海峰像中了蛊一样，旧瘾复发，陷入神经质般的亢奋。

许海波："马静太自私了，把你当赚钱的猎手！"

许海峰："我愿意。"

许海波："你愿意？"

许海峰："一摸上枪，就不想放手了。"

许海波："哥，我早就知道你丢枪是假的。"

许海峰："马静让我打几只麻雀嘛。"

许海波："哥，别扯了，烟鬼戒不了烟，酒鬼戒不了酒，你戒不了枪！"

许海峰："射击是瘾。"

许海波腰间绳上缠挂着战利品——麻雀。

51. 树林中

清晨，水牛背上两只麻雀在衔泥，警觉地四望。

子弹射来，麻雀落水，挣扎两下死了。

天筛细雨，一群麻雀躲在树枝上吟唱。

许海峰手枪起处，一声清脆的枪响，惊飞的麻雀如撒向天体的音符。

森林哑了。

小口径闪亮的弹壳落地了。

52. 和县油炸麻雀馆

马静和许海峰提着大网兜的麻雀走进门。

53. 油炸麻雀馆

饭馆的墙壁上挂着一幅画，朱元璋坐在城楼上吃油炸麻雀。

许海峰坐等卖麻雀结账钱。

对面桌上有两盘油炸麻雀，外地食客在听主客津津乐道讲着“油炸麻雀”的典故。

“……朱元璋打天下，住在我们和县镇淮楼上，麻雀喳喳吵得他睡不了觉，就下令将士射杀干净，他老婆觉得还不解气，让人剥皮放油锅里炸了。这时，朱元璋闻到扑鼻香气，这是什么？油炸麻雀……”

许海峰在一旁不耐烦地听着。

54. 油炸麻雀馆厨房

烟气腾起，收购者背身对着镜头和大厨师在细心地验查案板上的一百只麻雀。

收购者的背影：“神枪快手！”

马静：“外边等着付钱。”

收购者：“老板，你出钱吧！”

两个小徒工在一旁拔毛处理着麻雀。

55. 油炸麻雀馆

墙壁上，那幅画是朱元璋坐在城楼上吃油炸麻雀。

主客撕咬着炸好的麻雀肉，继续忽悠：“朱元璋当了皇帝，吃尽山珍海味，都不如这香酥可口的油炸麻雀，遂派人到和县照此烹饪，油炸麻雀，成了这里的一绝……”

马静走过来。

许海峰："卖了吗？"

马静："老板在楼上，要见你。"

56. 油炸麻雀馆楼上

许海峰走上楼梯，看见吴教练，一怔："吴教练？"

吴教练："海峰呀，手枪用得顺手吗？"

许海峰掏出枪来："还行吧！"

吴教练："什么还行，六十五只击中头部。"

许海峰："我猜就是你给马静出的课目！"

吴教练："喜欢打手枪吗？"

许海峰没有表态。

吴教练："送你了，用一百只麻雀换支手枪，换不换？"

许海峰："当猎手，我就不摸枪了。"

吴教练："你是天才的射手。"

许海峰："我也可以做个医生。"

马静急了："海峰，别当了一把老娘婆，就把自己当妇科专家啦！"

许海峰坚定地反驳："我不想再杀生了！今后一只麻雀也不会打了！"

马静："你去搞射击呀！"

许海峰："我前边的路被封死了。"

吴教练拍着许海峰的肩头："天下的不公，没有比埋没人才的不公更让人揪心，你放弃射击，太可惜了。"

许海峰："年龄是个死杠。"

吴教练："换打手枪，年龄卡不住。"

许海峰突然无法抑制地燃烧起被遏制的希望，眼睛一亮："真的吗，教练？"

吴教练:“你来地区训练队，打50米手枪慢射!”

许海峰:“你相信我?”

吴教练:“我相信自己，没看走眼!”

许海峰抓起手枪:“我就是枪。”

吴教练:“你是子弹。”

57. 山坡上的小靶场

砰!靶纸的中心区上连打出几个枪眼。

吴教练兴奋地报靶。

马静在身后递子弹，看着许海峰换打手枪的瞄准姿态非常英武，前额那绺卷发被风吹得呼扇呼扇，下意识地摘下自己的发卡，给许海峰夹住了，卷发不动。

砰!砰!

第二章　背水一战

58. 巢湖地区射击队教练室

字幕：三年后　1982年

简陋的办公室。

欧阳迪："……省里让我主抓手枪，下来选苗子来了！"

吴教练："我首推许海峰。"

欧阳迪摇头："不招步枪学员。"

吴教练："他改手枪了！"

欧阳迪："谁的主意？"

"我！"吴教练指着墙上的训练成绩表，"你看，三年的集训，这是许海峰的成绩！"

欧阳迪看着学员训练成绩表："许海峰，540环，550环，548环！"眼里射出一股特别的欣喜，"老吴，还缺点东西吧。"

吴教练从柜子里提出一瓶古井贡酒。

欧阳迪接过酒来，莞尔一笑："善察人者。"

吴教练拿一个饭盒，倒出花生米，掏出两个罐头："还缺什么？"

欧阳迪："有了古井贡，什么都不用。"

吴教练开瓶倒酒："你就认古井贡。"

欧阳迪呷了一口："咱安徽的名酒嘛！你就认准了许海峰。"

吴教练："咱巢湖的苗子嘛。"

欧阳迪："能不能叫他来一趟，让我过过眼？"

吴教练有些为难："他在供销社上班，请假太麻烦。"

欧阳迪："供销社？"

59. 供销社主任办公室

许海峰头戴前进帽，臂缠套袖，胸前的围裙上印有“新桥镇供销社”的字样。

易主任（55岁）两鬓斑白，摘下老花镜，拿着请假的公函：“……上半年已经给你三个月假了！这是供销社，不是体育局。”

许海峰：“易主任，这次是代表巢湖，去省里比赛，改革开放，大兴体育。”

易主任：“他们需要你打枪，我这需要你打算盘。供销社支农第一，一个萝卜一个坑，你走了，卖化肥谁来顶？”

许海峰：“我找人。”

易主任：“工资呢？射击队只管跟我们要人，工资还由我们来发。”

许海峰：“工资我可以不要。”

易主任：“海峰，真盼你早点调到省里呀！”

这时，许海峰父亲许银芝进来。

易主任：“老许呀，海峰又要请假，批不批需要签个字，我怕群众有反映，怎么办好？”

许银芝面有难色，看了一眼儿子：“你，出去吧。”

许海峰无奈地离开。

60. 供销社大棚

身穿干部军装的易邦发，英姿勃发地引领曹参谋和两个士兵走进大棚，看到正在卖布的马静：“扯个床单吧！”

马静喜出望外：“易邦发！你从天而降呀！”

易邦发：“部队去南京执行任务，顺路。”

马静：“娶媳妇也是任务吧？我这有好被面儿！”

易邦发：“别开玩笑，这是接我当兵的连长，现在是作训参谋。”

马静：“找你老爸来了？”

易邦发：“不，曹参谋特别来看看海峰。”

61. 供销社化肥仓库

许海峰埋头打算盘，忙着把化肥票和钱夹好，甩动夹子向收款处发射过去。

门外等待取化肥的农民排着队。

许海峰收回会计核准的票据：“一百公斤碳酸氢铵！取货！”

一对农民夫妇进来，很快领取一袋化肥，就出来了。

妻子：“太辣眼睛了，快出来！”

许海峰接过夹子传回的票款：“后边别急，有票就有货，下边是五十公斤硫酸！”

随手又发出一个票款：“五十公斤，交款！”

一对农民父子进来取货，许海峰发货给他们。

儿子抱怨着：“太呛鼻子！”放下袋子就溜了。

许海峰上前扛起化肥袋子，帮助买主运出库来，放在手推车上：“下一个！”

马静：“海峰，看谁来了？”

许海峰回身一看，认出这位神采奕奕的军官是多年好友：“邦发！”

曹参谋走近：“认得我吗？”

许海峰与曹参谋相互注视：“想不到，你能来看我。”

曹参谋与许海峰握手：“还想看看你的枪法。”

62. 供销社主任办公室

易邦发："爸，你要批准海峰的假条。"

易主任："交给他爸处理了。"

易邦发："这不是为难人家吗？你要为海峰创造机会！"

易主任："怎么没创造？我们每年给公安局写保证，监管好他的手枪，不出问题。哎，今晚请老曹到家吃饭吧？"

易邦发："不行，这次他是带我们去南京参加军体射击赛，非要来看看许海峰。"

易主任："能把他带走？"

易邦发摇头："想让我跟许海峰切磋枪法。"

易主任："老曹什么意思？"

63. 供销社大院内

砰！砰！夜晚的供销社大院，被枪声撕破了闭店后的沉寂。

靠着院墙边上的一排货架上，依次摆放着十根点燃的蜡烛，十根点燃的香火，袅袅光亮成了暗夜中射击的目标。

曹参谋裁判官一样坐在身后，用望远镜看两人比射。

两个士兵持枪在维持秩序。

砰！易邦发双手平端手枪，对准前方燃烧的蜡烛，打灭一支。

砰！许海峰左手插入裤兜，右手稳持小口径手枪对准那萤火般的香头，打灭一支。

闻声而来的观众站在射手身后的墙外，马静伏在墙头上，许海波爬上了树。

易邦发的枪声响烈，被击中的蜡烛，粉碎性地栽倒掉落。

人们惊讶地发出嘘声。

砰！许海峰的小口径子弹击中香火头，声音清脆。

曹参谋惊喜的目光，流露出难以掩饰的遗憾。

人们惊奇地发出感叹。

两种手枪，两种子弹，两种声音，比射成了小镇特殊的节日，人聚很多。

墙后边，易主任和家属们、许银芝一家都来观看。

砰！许海峰将前边的香火击灭了！

易邦发低声说：“曹参谋一直后悔没带走你。”

许海峰：“没想到他会安排这场比赛。”

易邦发：“让家乡看看部队培养的成果。”

许海峰：“我是不是配合你几枪？”

易邦发：“不！你必须打出水平，让曹参谋后悔一辈子。”

砰！砰！两个男人持枪威武的身影被月光映在地面上。

双手端枪军人气派。

易邦发连续开枪，一枪接一枪，纷纷打落、击倒、扑灭前边的所有蜡烛。

身后的观众欢呼了！

易主任脸上掩饰不住的开心快感，向许银芝投去自豪的一瞥。

众人向易主任投以羡慕的眼光。

许海峰前边还有四支香火，只见他从容不迫地上弹，一枪灭掉一支，轻巧得像无形的手悄然掐灭香火。

又上了一弹。

静。

曹参谋在观望。

马静被枪声刺激，眼里泛起复杂的思绪。

砰！香火没有打灭。

人们把目光投向许家人。

许海波下树，看见马静在人群中溜走。

人越聚越多。

许海峰吹动那绺遮眼的卷发。

砰！补了一枪，打灭了香火。

枪响把一个小孩吓哭了。

许海峰头也不回地上弹。

易主任严肃起来："谁家小孩，快抱走。"

许海峰举起枪，又慢慢放下，像有意玩弄似的吹动着那绺垂下的卷发。

安静极了。

前方两支香火，袅袅烟丝萦绕上盘，不停地摇晃着。

砰！

打灭一支。

身后发出惊叹。

砰！最后一支香火应声而灭，红红的香火头如萤火虫慢慢地飞落。

易邦发由衷地带头鼓掌！

易主任对许银芝低声说："老许，明天让海峰把假条拿来！"

许银芝应允地点头。

曹参谋上前握着许海峰的手："当时，改一下户口，我可以把你带走的！"

易邦发："老曹，后悔了吧？"

曹参谋："是遗憾！"

许海峰脸上露出内涵复杂的笑。

64. 镇淮楼

夕阳像个红灯笼挂在古城楼飞檐上。

马静仰望天上游云，嘴角挂着傲慢的娇嗔："枪比枪，人不慌，这人比人，气死人！"

许海峰右边那绺卷发垂下来："老曹是想让我刺激一下邦发。"

马静："那是刺激你，人家邦发当了大军官，荣归故里。"

许海峰吹动着那绺垂下的卷发呼扇呼扇的。

马静："春节就要回家结婚。"

许海峰："你想结吗？"

马静："等你调到省里。"

许海峰："结婚简单。"

马静："咱们在合肥安家，比易邦发还要棒，还要发！"

许海峰："你受刺激了？"

马静："你没受刺激吗？"

许海峰不停地吹着那绺卷发，满不在意："我需要刺激。"

马静激将地说："你什么时候能从业余变成专业就行。"

许海峰："够了吗？"

马静疑惑地说："你什么时候能从省里打到全国去！"

许海峰："再刺激一下。"

马静："你什么时候打回一个纯金的奖牌？"

许海峰猛地吹起那绺卷发："再刺激我就爆炸了！"

突然，马静意识到什么，爱怜地搂抱着他："海峰，你别压力太大了。"

许海峰一把揽过这个女人，吻。

65. 安徽省运动会射击场

许海峰代表“巢湖射击队”参加手枪慢射比赛。

吴教练把省队刘主任和欧阳迪叫来观看。

许海峰举枪瞄准。

砰！报靶出现10环。

刘主任注意到了他那绺卷发上别着个黑发卡。

66. 供销社

马静飞快地把夹钱和票的铁夹子发射出去。

铁夹子在钢丝上飞快地滑出一道光线。

67. 射击场

许海峰举起手枪，瞄准，击发。

一枪接一枪……发发子弹射中靶心。

68. 供销社

马静一次接一次地收发铁夹子的钱票……

69. 供销社化肥仓库

都下班了。许海波急急进来，放下书包："爸，我来替你！"

许银芝："你替我，我替谁呀？"

许海波："替我哥呗，来，对账！"

许银芝查点库存量，整理化肥票，拨动算盘记账："还有六吨尿素，三十二包，这东西耗损量太大了。"

许海波帮助搬运，倒腾着上秤。

许银芝："你哥他进省比赛，有些日子了。"

许海波："十一天了。"

这时，一张报纸夹在铁夹子上从传送线上飞递过来。

报纸停在许银芝面前。

许海波摘下报纸，一眼就看见许海峰得冠军的照片，兴奋得跳起："爸，我哥又得冠军了！"

许银芝接过报纸，翻开又合上。

马静走了过来："海峰又拿金牌了！"

许银芝平静地说："知道，知道了，你看你，怎么哭了？"

马静难以掩饰地抹着眼泪："大叔，你不知道。"

许银芝："知子莫如父啊。"

马静："你每次替班，都抱怨海峰，不务正业，他有话也不敢跟你说。"

许银芝："我是领导，一年到头他总是请假训练，知道我有多难吗？"

马静："他就是怕给你带来麻烦，让人家说闲话，这三年，是白天上班，晚上练枪。海峰就在这仓库里，风雨无阻，冬天冻手，夏天蚊咬。"说着，她把墙角的一袋子化肥推开，露出一个大木箱，揭开盖子，猛地倒出来近千发小口径枪的子弹壳，撒满一地。

许银芝一怔。

马静：“我俩的工资，每月拿出一半，给他买子弹。”

许银芝从地上抓了一把子弹壳，备受感染地说：“他不姓许，姓枪！”

70. 省射击队会议室内

许海峰接受省射击队的面试，欧教练及射击队领导坐在前台。

省射击队副主任：“……能简单地用一句话，说明你这次夺冠的动力吗？”

许海峰：“我就想，用成绩证明，上次省里不录取我，是错误的！”

刘主任：“上次因为你22岁超龄了，这次你25岁了……”

吴教练急不可耐地插话：“手枪慢射不受年龄限制……”

71. 汽车修配厂的车间

欧阳迪带领吴教练和许海峰，还有三位学员和教练们走过厂区，停在一个车间工作室房门前。

欧阳迪：“你们在门外先等着，老吴、许海峰进来。”

72. 车间工作间大门打开

这是一个钳工修理间，墙上贴有一张射击靶纸和几位射手的照片。

工作台上摆着四把待修的手枪。

吴教练："没想到你下放劳动，在这里待了十二年！"

欧阳迪："学了个钳工，修枪没问题。"

吴教练："欧教练过去是国家队的运动员。"

许海峰："知道。"

欧阳迪："知道就好，进省队，进国家队，没有机遇，白扯，没有成绩，也是狗屁。这个人认识吗？"

欧阳迪指着墙上一张欧洲射手的照片。

许海峰看了看，摇着头："不知道。"

欧阳迪："第一个题目，你不合格。"

许海峰："真的不知道。"

欧阳迪："搞手枪慢射，不了解他不行。瑞典人斯卡诺克尔，1972年慕尼黑奥运会，560环拿下金牌。这个呢？中国人。"

吴教练捅许海峰一下。

许海峰："苏之渤。1974年在伊朗德黑兰，为中国夺得亚运会首枚金牌。"

欧教练："成绩？"

许海峰："552环。"

欧阳迪："我和他都在国家队训练过，知道他的故事吗？"

许海峰摇摇头。

欧阳迪指着桌上的手枪："哪把是你的？"

许海峰从工作台找到那把被拆散的手枪："我的是双菱牌，这把！"

欧阳迪："老吴，计时。你把枪组装起来，开始！"

许海峰迅速地开始装枪。

欧阳迪从箱子里拿出古井贡酒和酒盅来："老吴，这还是你送的。"

吴教练："海峰选进省队，你说喝什么酒吧？"

欧阳迪："拿啥都没用，我是古井贡。"

吴教练："特贡！"

许海峰用熟练的动作组装完毕："教练，完事了！"

吴教练惊讶地看表："不到一分钟。"

欧阳迪接过枪，满意地验收了："给我把酒倒上。"

吴教练要倒酒。

欧阳迪："让他来。"

许海峰提瓶倒酒，右手端起酒盅，递给欧阳迪。

欧阳迪不接："伸直，端平，定型，瞄准我。"

许海峰像打枪一样，右臂伸向欧阳迪，直挺挺的。

吴教练疑惑地问："这是什么课目？"

欧阳迪："是个题目。你用了三年时间证明没录取你是错误的！你能在两年内证明你比苏之渤还强吗？"

许海峰："能。"

欧阳迪注视着许海峰端酒盅的手："你不能，看着我的眼睛！射击比赛，不是超越对手，而是超越自己。搞手枪，手就是心，手不稳是心态不平，杂念越多，手就越抖，定型不牢。如果你想以打枪谋个职业，为了调到省里，趁早别入这行。有点晃了，拿稳。"

暗淡的光线投在许海峰擎着的酒盅里，白酒微微摇晃。

73. 省射击队院内

吴教练被刘主任送出门来。

许海峰急忙上前："结果怎么样？"

吴教练："让我们先回去，等通知。"

许海峰："结果！"

吴教练变得沮丧起来："等通知呀。"

许海峰叹一口气："这等于没有结果！"

74. 供销社大院

疾雨敲打着屋瓦。许银芝指挥着社里职工从汽车上卸化肥。

许银芝喊着："快点，化肥不能受潮了！"

穿雨衣的人纷纷上前肩扛化肥。

这时一位全身淋湿的年轻人背身靠近车旁："给我来。"

许银芝看是许海峰站在车下。

许海峰没有抬头。

父亲的目光像闪电一样，击穿儿子失败回家的软弱。

相互对视的父子。

许海峰："爸，不能让化肥淋湿了。"

许银芝一下子将两袋化肥放在许海峰的肩头。

许海峰扛起化肥，转手，将一件东西塞在了父亲手里。

许银芝一看，一枚新得的金牌，抬头再看许海峰，已经背着化肥跑进了仓库。

远处，雨帘中站着吴教练。

75. 供销社墙外

许银芝愤然地说："等通知是什么意思，你不明白吗？"

吴教练："起码没有封门。"

许银芝："还不如一刀断了后路，来得干脆。22岁没要他，这25岁还能要他吗？不要再折磨我们了！"

吴教练："你怎么能这么说！"

许银芝："你一次次鼓动，他一次次请假，烟袋锅一头热啊。"

吴教练："我错了吗？他打的是冠军！"

墙内，马静听到两人的争吵。

父亲掏出那把小口径手枪，递给了吴教练："我那傻儿子，打中靶子，打不中命呀。"

吴教练："再等等。"

许银芝："等？省里就是录取他，我们也不去了！"

吴教练提枪站着，任凭雨水无阻拦地淌过尴尬的面颊。

马静眼睛沐在泪里，悄然离开，走向化肥仓库，远远看着冒雨搬运化肥的许海峰……

76. 巢湖地区射击队办公室

母亲徐义英将两桶芝麻油摆在了吴教练的办公桌前。

吴教练："大嫂，咱们之间还用送礼吗？"

徐义英："马静和海峰成了，咱不就是亲戚了。"

吴教练："调省队的通知，还没有动静。"

徐义英："那你能不能收海峰当个助手。"

吴教练："我这儿没有正式编制，不能招人。大嫂，让他练。"

徐义英有些迟疑。

77. 供销社化肥仓库

鲍山（28岁）背起化肥就要走。

许海峰厉声喝道："等等！你这个化肥票是假的！"

鲍山："怎么会是假的？"

许海峰："我盖的章都做了记号，你盖的是假的！"

鲍山："你血口喷人，谁的票是假的？"

许海峰拿出几张标准化肥票来："这才是供销社发的。"

鲍山一副无赖相，叉着胳膊坐在了化肥袋上："你们不知道，国家给我们的定额化肥，都让他印票分给他的亲戚，这批尿素都让他分光了！"

后面排队领化肥的农民骚动起来。

许海峰面对众人："不要乱，有票就能分到化肥。"

鲍山继续煽动："有票顶个屁，拿到货才是真的！"

被煽动的农民蜂拥而上，许海峰极力制止，却挡不住冲进来的农民一拥而上抢扛化肥，抢到手的就坐在化肥袋上护着。

鲍山借机扛着化肥要跑，被许海峰从后面抢下，一把揪住他的衣服。

鲍山挥拳砸向许海峰。

许海峰回手还击。

鲍山一伙进行围攻，趁机抱起地上踩裂的一袋化肥，扣在了许海峰头上，散开的碳酸氢铵化肥瞬间从许海峰全身散落下来。

许海峰挣扎着抓住他不放，眼前一片模糊。

围观的人被散开的化肥气味呛得撒腿就跑。

许海峰眼睛看不见，听到周围有人还在抢化肥，他不顾一切，登上梯子，站到高高的化肥垛子上，大喊："谁也不能动！"

供销社的人闻声都聚合过来了："谁敢拿，都放下！"

马静一下子扑向许海峰："海峰！你的眼睛！"

78. 县医院眼科

马静、许海松、许海波把躺在医疗床上眼蒙药布的许海峰推出手术室。

父亲和母亲担心地在问医生。

许海峰抓住了父亲的手："爸，化肥丢了多少？"

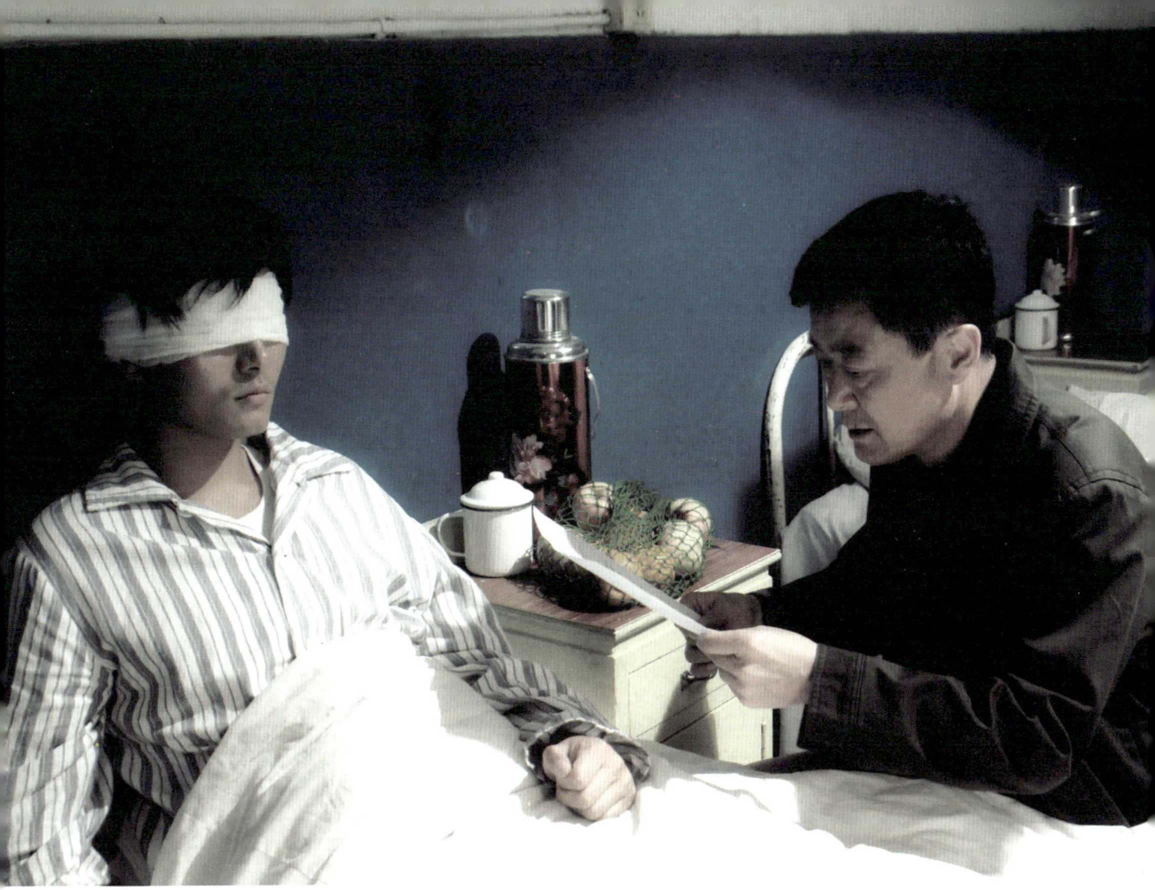

许银芝:“处理过了，鲍山被派出所逮去了。你还疼吗?”

许海峰:“我没事。”

马静:“医生，这会影响他的视力吗?”

医生:“碳酸氢铵腐蚀性太大，我们做了治疗冲洗，观察后果吧。”

79. 通向和县的公路上

吴教练坐着吉普车向和县疾驶而来。

80. 县医院眼科走廊外

吴教练焦急地向前走着。

81. 县医院眼科内

许海峰护眼的纱布被一层层揭开。

父亲、母亲、马静、许海松、许海波、许海芸静待结果。

许海峰初露双眼。

吴教练："海峰，是我！"

许海峰："吴教练。"

吴教练递上通知书："你看看，这是什么？"

许海峰吃力地辨认，纸面一片光影模糊："看不清，是省队的通知？"

一个问号变得异常沉重，压抑得众人无语。

吴教练走近，佯装笑颜："好消息呀，让马静念给你听听！"

马静眼角噙泪念着通知："和县新桥镇供销社，鉴于许海峰同志在全省运动会获得手枪慢射冠军，经安徽省体委研究，借调该同志进入省射击队集中训练八个月，备战第五届全国运动会，工资暂时由你单位发放，食宿由省射击队负责。希望你单位予以支持……"

许银芝打断："不要念了！"

许海峰接过了通知书，放在床上。

父亲、母亲、许海松、许海波、许海芸没有人能兴奋起来。

许海峰："集训八个月？"

吴教练："欧教练执教！"

许海峰："收多少人？"

吴教练："手枪要二十名。"

许海峰："淘汰多少？"

吴教练："最后留五名，欧教练特别希望你能去！"

许海峰："我是年龄最大的？"

吴教练："对，以后没有机会了！"

许海峰沉思片刻："爸，八个月的假，咱供销社能给吗？"

许银芝："你先说，你眼睛能行吗？"

许海峰心存惋惜："我不想丢了这个机会。"

许银芝："与其被淘汰回家，不如不去！"

顿时一片噤哑。

积怨终于在许海峰心里爆发而出："等了三个月，为什么通知来得这么晚呀！"

他把通知书撕成两半！

82. 县医院门前

吴教练心情失落地走向吉普车。

马静："舅，海峰他还能去省里吗？"

吴教练无限悲戚地说："白瞎了，真是白瞎了！"

83. 许海峰家

夜深蛙鸣，徐义英发现厨房灯亮，看见许银芝在拆卸和擦拭那把小口径手枪，缓慢的动作如同梳理内心复杂的愁绪。

许海波也爬起来，从门缝窥视父母。

徐义英："他爹，怎么想起擦枪了？"

许银芝感慨地说："吴教练，好心人，枪给海峰用了三年，去不了省里，也给擦出来，明天交给人家！"

徐义英："海峰把通知撕了。"

许银芝："眼睛不顶用，去不了。"

徐义英既爱怜又无奈，喟叹："海峰是倒霉的命。"

许银芝沉默有顷，费力地说："当初如果让海峰学个中医，现在都能号脉看病了！"

徐义英："还不是你嘛，从小给他讲冯玉祥带兵打日本鬼子，为国尽忠，他能不爱枪嘛！你不爱这东西，深更半夜干什么？"

许银芝无话，反复地擦枪。

徐义英："你呀，又想让儿子去，又怕他被淘汰败下阵来！"

许海波心情沉痛地爬上床，听蛙鸣聒噪。

84. 县医院眼科检察室

许海峰在妹妹和三弟的陪同下，检查视力。

护士向视力表下面指去。

许海峰眼前有些模糊："右？还是左？是上吧？"

护士见他看不清了，没有再指。

护士："左眼0.5，右眼散光0.4。"

许海波："哥，你的视力还能恢复吗？"

许海芸在一边拭泪。

许海峰转过身……

85. 供销社

马静风风火火地走来："大叔，海峰去哪儿了？"

许银芝："他不是在医院吗？"

马静："一早就出院了！"

许银芝："回家了？"

马静："家里也没有！"

许银芝："……"

86. 和县乌江镇霸王祠

朝阳扑向乌江镇凤凰山上的霸王祠高耸的庙宇，远处长江镀上一层鎏金，蜿蜒东去。巍峨壮观的青玉石汉阙的门楼，高悬“拔山盖世”金字横匾，一对石狮守立两侧，庙内古柏参天，庄重肃穆。

许海峰和许海波伫立在祠堂享亭，仰视殿宇高立的霸王项羽全身铜像，神武剽悍，重瞳戟髯，眉宇间透着英气，俯视着所有来者。

许海波的声音：“大哥，你不想放弃？”

许海峰：“这个台阶，让我拼了三年。”

许海波：“你眼睛行吗？”

许海峰：“你哥从来没这么犹豫过。”

许海波：“马静她是要你去的。”

许海峰：“她是从来不想当失败的人。哥带你到这儿，就是要看看一个失败的英雄！”

许海波仰视项羽像。

许海峰：“霸王兵败垓下，不肯回江东，在咱和县的乌江，自刎了。”

霸王项羽俯视着许家兄弟。

87. 通向霸王祠的路上

许银芝和马静一前一后，骑着自行车，满面焦虑地奔过来。

马静：“海峰怎么会来这边？”

许银芝：“跟我走吧。”

88. 霸王祠享亭内

许海峰："……如果被淘汰回来，不是我，而是我们全家的脊梁，挺不直了。"

许海波："去，就没有了退路，不去呢？"

许海峰："失去这一线机会，哥会后悔一辈子！"

89. 霸王祠外

马静和许银芝听到殿内传来的声音，驻足静听。

许海峰的声音："我一枪一枪地打到今天，一步一步地靠近了目标，进省队是为了下一步，进国家队！"

许海波的声音："国家队？"

许海峰的声音："国家队！"

许海波的声音："爸怕你失败，从省队里淘汰了怎么办？"

许海峰的声音："我要学他，死不回乡。"

许海波的声音："你也拔剑自刎？"

猛地，门被推开了。

90. 霸王祠享亭内

兄弟俩惊愕地回头："爸！"

马静也进来了。

许银芝："海峰，咱不能去！"

许海峰："我不想丢掉这个机会！"

许银芝："一个没有希望的机会，你眼睛不行！"

许海峰："我没到绝望的地步，绝不放弃这线希望。"

许银芝更严肃地提醒："你要想好了，这是借调，不是正式要你！"

许海峰："我知道。"

许银芝："这边的工作要有人替你。"

许海峰："我想办法！"

许银芝："八个月，占着指标不干活，会遭人忌恨的！"

马静："那就停薪……留职。"

许海波："对，保留公职，一旦回来还有退路。"

许银芝用揣度的目光看着许海峰。

许海峰："停职、停薪，我什么都不要。"

许银芝："没有工资，在省里怎么生活？"

许海峰："爸，射击就是我的命，我决心离开这里，一去不返，不留退路。爸，还记得吗，咱家从福建搬回和县，那年春节你带我来霸王祠，给我讲楚霸王项羽破釜沉舟、背水一战。今天，儿子就是到了背水一战的时候了，别无他路了！”

静。

空旷的大殿里，霸王项羽仿佛英灵降世，注视苍生。

突然，门外一阵急促脚步声，进来了徐义英、许海芸、许海松三人。

许海芸：“爸！让我哥去吧！”

许海松掏出眼镜盒：“哥，我跟姐去了眼镜店，给你配了副眼镜，先试试看！”

许海峰感动地接过来：“让弟、妹操心了。”

许海芸：“哥，你一定要去！照顾父母的事，由我担着。”

徐义英：“孩子，怎么跑到这庙里来了？”

许海峰：“妈，我来拜拜。”

徐义英：“省里不是要求三日内报到吗？”

许海峰：“总得把替班的人找好，不能扔下不管呀！”

徐义英：“我和你爸合计好了，我们老两口替你！”

许海波急了：“爸，让我来替大哥吧！”

许海芸：“爸，我也能替！”

许海松：“爸，还有我呢！”

徐义英：“海松，你在念大学，不行。”

许海松：“我星期天没课，能行！”

马静感动地说：“你们都替，我不能不替。”

许海峰被手足之情炙热眼眶……

许银芝：“卖化肥咱们许家接下来了！周一、周二、周三我和你妈，周四海波，周五海芸，周六休息，周日海松和我结账盘货。海峰，放心地去吧！”

许海峰无比感动又深含愧意地鞠躬：“我，让全家为难了！”

三个弟妹："哥！"

许银芝掏出那把小口径手枪："给你擦过了！试试？"

许海峰摇摇头，欲接。

"我来试吧。"许银芝举起枪，从心底里迸发出祈祷和激励，"难得咱家齐聚这里，借霸王之威，为我儿海峰出征，送行！"说着，他冲殿外连放三枪。

砰！砰！砰！

许银芝转身把枪郑重地交给了许海峰，老泪盈眶。

91. 霸王祠三十一响钟亭

巨大的木槌撞响吊钟，声震四野。

92. 万里长江

钟声飘漫在茫茫江面上，船只在雾气中穿行，白鹭翔集。

岸边，江风阵阵，父与子话别的身影……

第三章　忍痛割爱

93. 省射击队训练场

身穿安徽省射击队队服的许海峰站在队列里。

欧阳迪在宣布成绩："……这周测试结束，430环以下的出列！"

三个队员慢慢站出来了。

欧阳迪："张明、侯勇、周平！你们可以离队了。"

许海峰看着他们不情愿离去的神情，压力袭上心头。

欧阳迪："淘汰是择优的前提。只有最后留下的五名才能参加全运会。"

94. 省射击队射击场

许海峰举枪瞄准前方靶子。

许海峰画外音："马静，残酷的淘汰压力很大，我眼睛的问题，不要担忧……"

马静画外音："……海峰呀，你走后，那个鲍山就从局子里出来了，找不到你，就来供销社找碴儿……"

95. 供销社

鲍山冲着卖布的马静："给我来十五尺白花布。"他把钱主动夹在铁夹传送器上，向后一甩。

马静熟稔地用尺量布，撕开，剪断，准备打包。

鲍山："等等，你给我把这一丈五，再撕成一尺五一块的。"

马静："鲍山，你想干什么？"

鲍山："要你撕你就撕，十块！"

马静："你要扎孝带吗？"

鲍山："撕不撕？你！"

马静强压着火气，动作飞快地用尺量布，又一块接一块地撕扯开来。

鲍山点着一支烟，斜视着。

安徽
安徽
安徽
安徽
安徽

96. 省射击队操场

清晨，欧阳迪带领运动员在操场上跑步。

许海峰跟在后边，有些心神不宁。

马静画外音：“……海峰，你什么时候能调到省里，我恨不能早日离开这个地方……”

97. 省射击队运动员宿舍

夜深人静，许海峰心事沉重地看着来信。

床头上，有三个黑色发卡。

马静画外音：“鲍山这个赖皮，他想报复你，就来找我的麻烦……”

闭灯后，辗转反侧，难以入睡。

98. 镇淮楼

夜色笼罩，马静倚城墙而立。

鲍山登阶上来，露出狰狞的微笑：“这儿，是你和冠军约会的地方？”

马静：“朱元璋还在这里打过麻雀呢！”

鲍山：“想不想吃我打的麻雀？”

马静：“你到底想干什么？”

鲍山逼近：“卖化肥的，折磨我六个月，我要折磨他六年！”

马静面有惧色：“你不要过来！”

鲍山掏出匕首：“麻雀肉，我就想吃你这天鹅肉！”

马静两眼冒火："鲍山，你再过来，我开枪了！"

鲍山："你也会打枪！打吧，来呀！枪一响，你和我在全县就都出名了！"他越逼越近，眼里透着凶光，上前抓住了马静的脖子。

砰！马静用小口径手枪打中鲍山的腿。

鲍山狞笑着挥动匕首。

马静在装填子弹，又射一发，打中鲍山头部，枪眼像捅开了鲍山脑壳里的血罐，射出一条红线，喷染了马静的脸。

鲍山倒地。

马静吓得一时无措，扔下小口径手枪转身想跑。

突然，倒地的鲍山，一个跃起，满手带血地抓住了马静的脚脖。

马静一声惊叫，被撂倒……

99. 省射击队运动员宿舍

许海峰被噩梦惊醒，中魔一般从床上跳下来："马静……"

邻床的队友："海峰，你怎么了？"

100. 省射击队训练场

早晨，欧阳迪严肃地拿着成绩单，站在队前宣布："赵小刚、冯滨，你们俩，把枪交给助理，收拾一下，可以离队了！"

赵小刚："欧阳迪你把我们淘汰了？"

欧阳迪："你们自己的成绩淘汰了自己。"

赵小刚跟许海峰打个招呼："大哥，我在黄山等你来玩！"

许海峰身感压力逼近了。

101. 省射击队训练场

许海峰为减少杂音，戴上耳机，端枪的手不停地晃动，犹豫不决，略带紧张。

许海峰画外音：“马静，正式调进省里，必须打到560环，成为健将！”

马静画外音：“……海峰，一定打成健将，你的成绩就是我们的命运！”

准星上落下一只美丽的瓢虫。

许海峰举枪的手在迟疑，收枪，吹走了那只瓢虫。

扣动扳机了！

5环！险些脱靶！

欧阳迪严肃地说：“许海峰，把那耳机摘了！”

许海峰只好摘下耳机。

欧阳迪："要练习，排除内外干扰，精神高度集中！高度！"说着，在他身后放响收音机，传来黄梅戏《天仙配》的唱段。

许海峰头也不敢回，举枪瞄准靶心，手还是有些晃……

102. 省射击队教练办公室

欧阳迪洞察几张靶纸的弹着点，像看心电图一样："许海峰有问题了！"

助理："嗯，什么问题？"

欧阳迪："最近他经常失眠？"

助理："是的。"

欧阳迪："心猿意马。"

助理："压力偏大。"

欧阳迪："女朋友的问题。"

103. 乡间土路

欧阳迪坐在开往乡下的公共汽车上。

104. 油炸麻雀馆

欧阳迪坐在墙角处吃饭。中心桌上看到换上西装的鲍山宴请广东朋友。

鲍山咬着油炸的麻雀："……和县的一绝，比你们广州的蛇好吃吗？"

广州客："朱元璋钦点，当然了，也算洪武皇帝的御膳了。"

这时，店主送马静从楼上下来。

鲍山眼睛一亮，炫耀地说：“马静！介绍一下，这是我广东的朋友！”

马静纠正：“我和他不是朋友！”

鲍山嬉皮笑脸：“梁山的朋友，不打不成交。来来，广东朋友是来咱这儿招工的。”

马静迟疑：“广东来的？”

鲍山：“过去的事儿，我道个歉！”

广东客：“你看鲍哥去趟广东人也变了吧？”

鲍山：“一张神奇的纸，能改变所有的人。”

马静：“什么纸？”

鲍山从兜里掏出一张纸币：“钱！去深圳一看，各地农民去那里打工，香港老板办工厂，建楼房，电视都是彩色的，想去吗？”

马静：“深圳离香港多远？”

鲍山：“过个口岸就是。”

广东客：“你想去香港？”

马静：“我还没去过广东。”

广东客：“闭门不出，跟不上形势呀，钱往哪里流，人往哪里走，鲍哥是去淘金的！”

鲍山把钱币摆在桌上，抄起一根筷子：“马静，要说男人的目标很简单，三个靶子，金钱、权力、美女！我只射这第一个靶子，钱！”他用筷子扎在钱上。

广东客：“还有美女喽！”

鲍山狡黠地说：“有了钱，美女就来了。你的男友整天打靶，打到了什么？”

马静腾地站起来：“不许你说他！”

鲍山息事宁人：“不说不说。”

欧阳迪起身走近马静："马静吗？"

马静："你是……"

欧阳迪："姓欧。"

105. 巢湖地区射击队教练办公室

欧阳迪愤然地将手里的酒盅一摔："……尽快让她和许海峰一刀两断！"

吴教练："他俩从知青到现在，怎么可能呢？"

欧阳迪拿出靶纸来："不然，许海峰就有可能淘汰回家！"

吴教练："这与马静有什么关系？"

欧阳迪："你那个外甥女，不调省里不嫁许海峰，就这一条，多大的压力！"

吴教练："儿女私事，父母都无权干涉。"

欧阳迪："国家出钱让他参加集训是私事吗？"

吴教练哑然。

欧阳迪："我们培训他为什么？你力荐他为什么？"

吴教练喝着水，无话。

欧阳迪："马静她不是保险丝，是一团火药。"

吴教练："她的性情热烈。"

欧阳迪："她不能默默忍耐，安分守己，简直就是块磁铁，不断地散发磁场，让许海峰心猿意马，枪口怎么能不偏？"

吴教练手指敲着水杯："你让我为难呀！"

欧阳迪："为难也得做，给许海峰减负！"

吴教练在桌上用水不停地画着圆圈。

欧阳迪看到他画了四个圈，倏然蘸酒，快速地画出一个连接的圆圈。

桌上，奇妙地呈现一个水画的奥运五环图。

欧阳迪："许海峰，他应该奔这个去的！明白吗！"

欧阳迪手指敲定在湿润的五个水环上。

106. 省射击队淋浴室

许海峰站在喷头前，满脸是水。

隐约听到外边换衣服的队友议论："这次许海峰成绩跌了。"

"能淘汰他吗？"

"看教练的了！"

淋浴中的许海峰。

107. 省射击队训练场

薄暮冥冥，许海峰独自在靶场陷入忧思，蚊虫不断骚扰。

108. 供销社

许海峰母亲送马静走出来：“……见到海峰，这几件衣服给他，别让他挂念着家。”

马静接过提包：“放心吧，大婶。上次说的那件东西。”

母亲掏出小皮袋子：“带去吧，一个念想！”

109. 省射击队运动员宿舍

助理教练找到许海峰：“教练让你写出成绩下降的理由。”

许海峰：“我太想当健将了，心里有些急。”

助理教练：“越想结果，越没有好结果。”

许海峰举起一个笔记本：“这个，我写进我的训练笔记里了。”

助理教练翻看一下：“你写笔记？”

许海峰：“我敢说，欧教练找不到我这样爱琢磨问题的徒弟！”

助理教练：“他可六亲不认，该淘汰，照样！”

110. 巢湖地区射击队教练办公室

马静热情地掏出东西，摆在桌上：“……这是我给海峰带的被单、褥单，这是他妈妈捎的东西。”

吴教练打断：“不要去见他了！”

马静："为什么？"

吴教练："你要离开他！"

马静："舅，你也是这个态度？"

吴教练点点头，不敢正视马静火辣辣的目光，下意识地注视桌上玻璃杯里的水。

马静突然爆发："凭什么那个姓欧的要干涉我们恋爱？"

吴教练："他是教练。"

马静："他不是教父！"

吴教练："海峰是他的弟子，他了解海峰，眼病的压力，工资的压力，职业的压力，年龄的压力，还有你给他制造的情感的压力！他的枪，多沉，多重，他比我们清楚！"

马静情绪渐退，陷入自责："他会被淘汰吗？"

吴教练："要么他打上去，要么他打回家去！"

马静自语："我，成了他的负担？"

吴教练："他成绩下降，你要给他减负！"

马静："减负？"

吴教练："不要成为他的负担。"

马静："我是给他加力的！"

沉闷。

吴教练看着杯里的清水，慢慢地举起，递给马静。

马静没有接。

吴教练："这就是海峰的心，只有杂质沉淀下来，水变得清亮亮的，杂念少了，心里纯净了，瞄得才准，打得才稳。"

马静明眸里写满了疑问："舅，我爱他，错了吗？"

吴教练："没错！我们也爱他！欧教练给他设计了更高的目标。"

马静："我知道。"

吴教练："在特别关键的时候，舍就是取，分即是合，也许现在分，是为了将来的合！"

马静："你说过，他是子弹。"

吴教练："我们就得做弹药。"

马静："……"

吴教练："一切为推动子弹，击中目标！"

马静伏在桌上低头沉思。

那杯透明的水。

吴教练倚窗而立，无奈地看着窗外。

静得能听到心跳声。

突然，马静眼里的惊诧和素有的温情熄灭了，腾地站起，抓住那个新褥单抖开，用牙一咬，随手撕裂扯开，眼里涌泪："我不去了！不去了！"

撕布，发出的声音刺激着吴教练。

马静几近疯狂地撕布，边撕边喊："忘掉我吧！"

撕布！爱愤交加地撕裂。

褥单被马静撕碎成一条一条，慢慢地散落在地上。

吴教练背过身去拭泪。

马静眼里含笑带泪，将散落在地上的布条拾起："舅，你带给海峰，告诉他，我也有了自己的目标，不为他当弹壳了！"

吴教练安慰式地拥抱着马静："孩子，回家见了你妈，就说舅舅是个混蛋！"

111. 省射击队院内

许海峰异常忧郁地走来。

112. 省射击队教练办公室

欧阳迪指着材料："成绩下降的问题，要害没抓住！"

许海峰拿出几粒子弹来："我想是不是子弹有问题！"

欧阳迪："子弹？"

许海峰："我也说不好，感觉重量有些不同。"

欧阳迪接过子弹："你能感觉出重量？"

许海峰递上一张纸："我要求，称一下子弹。"

欧阳迪接过子弹，没有接那张纸。

许海峰不安地坐下。

欧阳迪把子弹往桌上一拍，异常严厉："强词夺理！你心里的杂草不拔，你要一滑到底！"

许海峰站起："我，我没什么杂念。"

欧阳迪瞪着眼睛：“还写了报告！”

许海峰站起来递报告。

欧阳迪像考试一样：“用右手，把这张纸端平！”

许海峰把手伸得很直挺：“考我？”

那张纸在欧阳迪右手面上平躺得很稳，不动。

欧阳迪：“我找马静谈过了。”

许海峰：“这是我个人的问题。”

手面上的纸微有抖动。

欧阳迪瞪着鹰一般的眼睛，逼视：“我带的弟子，个人问题都是重要问题。有一个枪手，就想把农村的妻子调到一起。结果，老婆没调成，他却从国家队淘汰了，知道这个人是谁吗？我！”

113. 省射击队器械训练室

夜灯下，许海峰激烈地在做推举杠铃动作……

铁器撞击发出有节奏的声响。

114. 欧阳迪工厂车间工作室里

欧阳迪用天平称量许海峰使用过的不同型号的子弹，从两盒子弹里各取十发，放在天平两边，呈现明显的倾斜。

助理眼睛一亮："子弹的药量，有装多，也有装少？外国子弹也不能迷信！"

115. 省射击队教练办公室

助理拿出厚厚一沓靶纸："教练让你打密度。"

许海峰接过靶纸："还有什么要求？"

助理教练："要求你只管打，找感觉，不许看成绩！"

许海峰："不给看靶纸？"

116. 省射击队训练场

砰！许海峰在瞄准。

助理教练在身后放响收音机，播放黄梅戏《天仙配》的唱段。

许海峰没有回头，全神贯注地瞄准前方。

117. 省射击队教练办公室

马静剪了短发，打扮入时，颇具韵致，要出远门的样子："……我只想见海峰一面。"

欧阳迪："我能理解。"

马静："他在训练吗?"

欧阳迪："你可以直接进去!"

118. 省射击队训练场

马静悄然走进训练射击场。

几个队员频频发射，偶有队员回头看到了她。

她径直走到许海峰的靶台后边。

助理教练有些诧异地看着她。

马静安静地站着，观看着久别而熟悉的身影。

许海峰目不转睛地盯着靶子，机械地上子弹击发。

砰！砰！枪声勾起马静多少回忆，她在看台上慢慢踱步，企图引起许海峰的回眸一瞥。

许海峰完全陷入了忘我之境，旁若无人。

举枪，定型，击发!

马静看见微风掀起他额前那绺卷发，专心瞄准好像什么都不存在似的，一副遗世忘我的超然神情。

怦然心动的枪声，一声接一声。

许久，许久的等待。

马静坐在后边，用手掌慢慢捂着脸，悄然起身，淡出了射击场。

119. 省射击队教练办公室

雨水成条从窗外玻璃上流淌。

欧阳迪把桌上那个小皮袋和衣服推给了许海峰。

许海峰："我家，来人了？"

欧阳迪："是马静！"

许海峰急切地说："她在哪儿？"

欧阳迪肯定地说："她去看过你了。"

许海峰："我没看到她呀！"

欧阳迪："她让我告诉你，她去南方工作了，今后你不要跟她联系了！"

许海峰撒腿往外跑……

120. 雨中靶场

许海峰在雨中疯狂地奔跑，射击台前的枪声不停炸响。

他跑到自己靶台的后方，地上留有坐过的手帕……

121. 省射击队院内

许海峰骑上自行车疯狂地向外追赶……

122. 公共汽车站

自行车飞蹬，路旁的梧桐树向后闪过。

远远地看到一个撑伞女人在候车的背影。

许海峰急匆匆地蹬车，按动着车铃，赶到眼前，那女人回头，不是马静。

公共汽车来了，那个女人上车。

许海峰无力地靠在梧桐树上。撕裂人心的音乐。

123. 许海峰一组射击的镜头

随着黄色的树叶落下。

冬季里，许海峰刚刚打完了训练，见助理教练取靶纸不让他看成绩。

其他射手上前看靶纸成绩。

许海峰疑虑地问："还不让我看吗？"

助理教练："教练不发话，我没权力。"

许海峰冻红的双手在室外火炉上烤火取暖。

124. 深圳某服装工厂

长长的现代化服装流水线。

马静在用电剪刀裁剪西服。

125. 省射击队训练场

冷风掀起许海峰额前那绺卷发，他下意识地用那枚发卡给夹

住了。

他从母亲捎来的装子弹的皮袋中，取出最后一颗子弹。

砰！一组打完，许海峰想看靶纸的成绩，助理教练不许。

许海峰压抑不住地抓住助理教练，怒吼：“为什么？我要看一下成绩！”

126. 省射击队教练办公室

欧阳迪板着脸训斥：“不让你看，就是不让你看！”

许海峰：“打两个月了，我心里没底！”

欧阳迪：“我心里有底。”

许海峰：“打了121张靶纸，我不能瞎打，是提高还是下降？”

欧阳迪：“没提高早把你开了。就是为了让你瞎打，克服你眼睛的问题，让你肢体形成记忆，由意识射击变成无意识击发！”

许海峰冷静下来。

欧阳迪给他倒杯热茶："六安瓜片。"

许海峰接过茶杯。

欧阳迪："最近你的心态没有干扰，成绩提高明显。下周跟我去上海参加比赛！"

许海峰："我？"

欧阳迪："对，忍痛割爱，才能成大事。哎，这是什么东西？"他偶然发现许海峰卷发里遗藏着一个细小的发卡。

许海峰尴尬地一笑："无意识行为。"

127. 供销社的铁夹子传送报纸的一组镜头

铁夹子夹着报纸，滑向许银芝。

打开报纸一看，许海峰站在领奖台上。

字幕：1983年3月许海峰以554环获得华东区邀请赛冠军

铁夹子夹着报纸飞来，许银芝夫妇在看报纸。

字幕：1983年6月许海峰以552环获得全国优秀射手赛第6名

铁夹子夹着报纸飞来，易主任、许银芝夫妇还有许海波、许海松等众人围观。

许海峰站在亚军领奖台上，第一名是辽宁省年轻英俊的王义夫。

字幕：1983年9月上海第五届全国运动会，许海峰以561环获得第2名，正式入选国家队，备战奥运会。

铁夹子传送器滑到卖布柜台，马静人去位空……

128. 省射击队大门口

傍晚，许海波拿着大包小包兴冲冲地跟在许海峰身后："爸妈让我代表全家，送你去北京！"

许海峰："我是参加奥运集训，还没正式调国家队，打不好还得回来！"

许海波："回哪儿？"

许海峰："供销社呀！"

许海波："怎么会呢？"

许海峰："不管这些了，爸妈怎么样？"

许海波："你放心，姐姐照顾着，二哥明年大学毕业。"

许海峰："你见吴教练了？"

许海波喜上眉梢："见了，他收我进巢湖队了。"

许海峰："好！他说起……马静的消息没有？"

沉默片刻。

许海峰："一年了，这个人没有一点消息？"

许海波："……你应该去问欧教练。"

129. 省射击队教练办公室

许海峰推开办公室的门，不见欧阳迪。

助理教练："教练给你修枪去了。"

130. 破工厂车间内的一间工作室门外

许海峰带着弟弟走进这个废弃的工厂。

许海峰："老三，你在外边等我。"

许海波："我也进去看看。"

许海峰："他脾气大，不行。"

131. 省射击队教练工作室

许海峰提着酒，悄然推门，进入宽敞的房间。

工作案上亮着一盏台灯，欧阳迪戴着老花镜在修枪，头也没抬：“坐吧！”

许海峰：“教练，这枪我带走吗？”

欧阳迪：“带上。你手胖了，枪瘦了，要修一下。”

许海峰：“我爸给您带来两瓶古井贡。”

欧阳迪拿出两个酒盅：“为你喝杯送行酒！倒上。”

许海峰：“有件事想问您。”

欧阳迪：“嗯？把灯打开。”

许海峰开灯，顶灯豁然大亮，光照四壁，三面墙上，从上到下贴满了一张张打过弹眼的靶纸，并标明环数和日期。

许海峰被震慑于当庭，好像被钉在地上。

欧阳迪提枪指示着：“你打密度的成绩，都在这儿！”

许海峰惊讶咂舌：“都在这儿？”

欧阳迪：“一张不少！左边这片，给你用的是英步1315批号，打得比较稳；中间这片，环球8210型子弹！”他指着右边墙上的靶纸，“还是英步1315子弹。”

案头，称子弹的天平上，还放着几发子弹。

许海峰走近靶纸，贴墙查看每一个弹着点，眼前浮现打密度的场面：“教练，您费心了！”

欧阳迪：“教练就是交心的，射击的神秘不是武器，不是目标，是枪手的心态。你看看这几张！”他指着一片靶纸，“心理干扰没有排除，杂念丛生，弹着点散落。”

许海峰有些愧窘：“教练，那时候我……”

欧阳迪打断："不要说了，心灵密码。看！这儿，心态干净了，心、手、枪，平静地向目标释放。不想供销社了，不想眼睛问题了，没有当健将的压力了……这片，你完全控制住了自己，注意力集中，达到忘我的境界。子弹是会说话的，是射手的表达和歌唱！嘿嘿，多像音乐家写的谱子呀！海峰，你看看。"

许海峰已经满眼的感激，将酒倒满酒盅，端枪一样伸直胳膊："教练，敬您！"

欧阳迪放下手里的枪，看着许海峰伸直手臂的动作。

酒盅里的酒在微抖。

欧阳迪："那就先敬吴教练，没有他，咱俩不会认识！"

许海峰又倒了一杯酒。

欧阳迪指着墙上张贴的瑞典老将斯卡诺克尔持枪射击的照片："那才是你的目标。"

许海峰："斯卡诺克尔！"

欧阳迪："他得奥运金牌比你年龄还大。"

许海峰："37岁。"

欧阳迪："他当过空军，经过商，和我同岁，现在还没有结婚。"

许海峰："您见过他？"

欧阳迪摇摇头："他参加世界各种比赛，走访七十多个国家，用枪为瑞典人打出了品格，用奖牌证明了瑞典人的意志，瑞典国王两次嘉奖他，他锲而不舍的精神影响了整个瑞典！"

许海峰："我明白了，教练。"

欧阳迪："你明白了什么？"

许海峰："您希望我和他，能在奥运赛场上相遇……"

欧阳迪："说下去。"

许海峰："我要告诉他，中国有一个老射手，本想与你同场竞技，因为'文化大革命'，他被下放到了工厂，一切都耽误了。可是他教练了我，派我来了！”

“海峰！”欧阳迪端起酒盅一饮而尽，两行老泪纵横而下。

“教练！干！”

132. 省射击队教练工作室外

许海波从门缝一直往里看，感动得涕泗横流。

133. 省射击队教练工作室

欧阳迪拍着许海峰的肩膀：“你要问我什么问题？”

许海峰：“没问题了。”

欧阳迪：“枪修好了，带上。明天我就不去机场送你了。”

许海峰：“我弟弟送我。”

欧阳迪转身拿出一个古井贡酒的箱子：“送给你的，带上吧！”

许海峰拒绝：“教练，我不喝酒的，您留着吧！”

欧阳迪执意：“带上。”

许海峰打开了箱子，眼前一亮——满箱的子弹。

欧阳迪：“这是英步1315，三千发，我都一一称过了，都在4.50克，

许海峰的枪

适合你的手感。”

许海峰感动地拥抱着欧阳迪：“教练！”

欧阳迪紧搂爱徒：“关键的时候，用上。”

师徒相拥的剪影映在那面贴满靶纸的大墙上。

第四章　三枪决胜

134. 一架中国航空飞机呼啸着拔地而起

135. 美国洛杉矶·奥运村中国代表团驻地

奥运五环旗和各国的国旗迎风飘扬，成为最亮丽的风景线。

中国代表团副团长黄中（69岁）严肃地质问：“什么？射击队不参加明天的开幕式？”

射击队领队：“个别队员的要求，我请示团里意见。”

黄中：“谁的主意？”

领队：“许海峰和王义夫！”

黄中：“把他俩找来！不想参加开幕式？”

领队：“他们怕影响比赛。”

黄中：“这个理由在我这不存在！咱们是改革开放后新中国第一次参加奥运会，派出378人的队伍，就是要展现中国体育健儿的风采！射击队缺席，等于中国缺项！什么意思？这帮年轻人，一点没有全局意识……”

黄中越说越气愤。

突然，一个美国记者走过来，用英语问：“黄中先生，你要的报纸找到了。”

黄中接过发旧的《华盛顿邮报》，登有刘长春的黑白照片，旁边还画个“大鸭蛋”：“你们美国记者很不友好呀，画了个大鸭蛋！”

记者：“这反映了真实的成绩，他没有拿到名次。”

黄中：“刘长春是我东北大学的校友，1932年他代表中国，一个人到这里参加奥运会，中国人从此参与了奥运比赛，在我眼里，他很了不起！”

黑人记者：“五十二年了，中国奥运奖牌依然是零，鸭蛋也了不起吗？”

黄中晃着报纸：“这次，就是要把鸭蛋扔到太平洋去！”

记者越来越多。

记者：“你们一定能拿奖牌了？”

黄中："是拿金牌！就在洛杉矶，让这个鸭蛋破壳而出，相信吗？"

女记者："黄先生这么自信？"

黄中："有实力才敢说这样的话。"

女记者："如果没记错，你带队去赫尔辛基第15届奥运会，中国也是空手而归吧？"

黄中："没错。今非昔比，中国改革开放了，女排、体操、乒乓球，都是世界强项，问题是拿几枚金牌，不甩掉这个鸭蛋，我辞职！"

记者："金牌不是你想拿就能拿的，一切是由赛场决定的。"

黄中："是的，请你们关注中国队的比赛吧。"

射击领队早把许海峰和王义夫叫来，在一旁等候。

黄中一脸兴奋地走向许海峰："明天的开幕式，向世界转播，一定要走出精神来！"

许海峰："黄团长，缺了我们射击队十一个，中国队不会减分的。"

黄中脸色紧绷："怎么这个态度？"

一时无话。

136. 离开奥运村中国代表团驻地

散场的女记者用英语议论："后天的射击比赛你去看吗？"

黑人记者摇头："中国代表团都在讲零的突破？"

女记者："十亿人的中国，没有奥运金牌，就像女人出嫁没有金首饰一样。"

黑人记者："越是想得金牌，越是得不到，黄先生喜欢自吹，只有上帝知道鸭蛋什么时候才能出壳。"

女记者："射击场离这儿很远，没什么可报道的。算了吧！"

137. 奥运村中国代表团驻地

许海峰："……第一次参加奥运会，谁不想参加开幕式？细算一下，明天12点30分从驻地出发，赶到主会场，候场准备，入场式，直到整个仪式结束，晚上12点前返回。这样耗掉十一个小时。而我们手枪射击是第一个项目，后天上午开赛，赛场距这儿要一个多小时的路。"

王义夫接过话头："参加开幕式，就会打乱我们的作息时间，影响睡眠，牵扯精力……"

黄中有些不满："住这里的外国选手，无一不参加开幕式，奥运精神，重在参与！"

许海峰继续力争："黄团，在选择养精蓄锐，还是走出风采，不管外国运动员怎么做，我们只能选择务实、备战！义夫你说呢？"

王义夫："我赞成。"

领队想阻止："你们俩先回去……"

黄中："……"

138. 美国洛杉矶第23届奥运会开幕式现场（资料片）

字幕：1984年7月28日第23届奥运会开幕式

美国已故著名田径运动员杰西·欧文斯的孙女吉娜·汉菲尔高举火炬进入会场。随后，美国1960年奥运会十项全能冠军拉·约翰逊接过火炬，跑上高高的台阶，点燃了奥林匹克圣火。

会场沸腾了！

各国运动员代表举着国旗入场。

三百多人的中国奥运代表团迈着整齐的步伐入场。

观众席上响起了热烈的掌声。

华侨们站立起来，满含热泪向运动员致敬。

139. 供销社

许海峰的父亲、母亲，许海芸、许海松、许海波，还有供销社的男女老少齐聚一起，围在一个彩色电视前。

许海松、许海波瞪大眼睛寻找，没有找到许海峰的身影。

失望、疑惑挂在每一个人的脸上。

许银芝不悦地问:“海波，怎么没见你哥?”

母亲不安地嘀咕:“不会是淘汰了吧?”

140. 洛杉矶普拉多射击场

字幕：男子50米手枪慢射比赛现场

“砰、砰、砰……”枪声此起彼伏，不绝于耳。

来自各个国家的神枪手举枪、瞄准、射击。

显示牌显示出10环、8环、9环……

观众用望远镜看运动员远处靶纸上的成绩。

141. 普拉多射击场演播室

演播室里，各个国家的电视台、电台的解说员，面对着大玻璃窗外的赛场，对着麦克风，用不同语言转播比赛，忙碌不停。

142. 普拉多射击场

王义夫身穿中国队队服站在靶位前。

143. 普拉多射击场演播室

华人解说员（35岁）用中文解说：“……现在进行的是本届奥运会的第一个项目，4号靶位的是中国队的王义夫……”

144. 普拉多射击场

王义夫举枪动作熟练敏捷，瞄准靶心，果断扣动扳机。

砰！显示牌显示：10环。

观众席上爆发出一片惊叹，很多外国人高呼：CHINA。

场上，工作人员举起了“肃静”牌。

中国领队和教练坐在观众席上，按捺不住心中的喜悦，相互握手。

华人解说员：“王义夫是中国的神枪手，今天发挥得非常出色。5号台是瑞典老将斯卡诺克尔，去年世锦赛的冠军，射击界的顶级选手，志在必得。”

斯卡诺克尔（50岁）站在靶位前，戴上前进帽，右侧帽檐夹着一张遮阳纸，沉着地举起手枪。

砰！显示牌：10环。

观众们发出了欢呼声。

斯卡诺克尔放下了手枪，用手拉长了帽檐夹着的纸，脸上看不出任何表情。

华人解说员：“我们注意到了7号靶台，中国队的许海峰。”

许海峰神情镇静地站在靶位前，旁边摆着母亲做的小皮袋，欧教练称过的英步1315号子弹，取一颗上膛，开始瞄准目标……

145. 赶往普拉多射击场的路上

飞驰的小轿车中播放着广播，黄中和翻译在聆听。

华人解说员的声音："……奥委会主席萨马兰奇在洛杉矶市长陪同下，正赶往普拉多射击场，这里将产生本届奥运会的第一枚金牌，萨马兰奇要亲自颁奖，这是奥运会的惯例，第一枚金牌由奥委会主席颁发……"

黄中："中国能不能拿金牌?"

翻译："要看王义夫了!"

黄中："从历来成绩看，他没超过那个瑞典老将，希望奇迹出现啊!"

翻译缓了口气："只要能拿奖牌，铜牌也升一面国旗!"

黄中赞同："对！他们没参加开幕式，再拿不到奖牌，我可要打他们的屁股了！"

146. 普拉多射击场

许海峰举枪瞄准，干净利落的一枪。

显示牌显示：10环。

领队和教练都在后场做记录。

许海峰的脸上没有表情，只是习惯性地摸了摸额前的那绺卷发。

华人解说员："精彩！精确！许海峰已经连续打出了5个10环！"

147. 普拉多射击场奥委会工作室

保安人员护送的金牌、银牌、铜牌、鲜花等都端在礼仪小姐手中。

奥运官员陪同萨马兰奇走来，进休息室等待结果。

华人解说员："现在进行的是最后一组射击，离比赛结束只剩下最后四枪了，目前斯卡诺克尔、王义夫、许海峰、拉斯迪的成绩相同，如果不出意外，冠军将会在他们四人中产生。"

黄中在领队陪同下就座，接过望远镜，查看中国射手的成绩。

148. 普拉多射击场

王义夫像往常一样，枪举到位，快速击发。

砰！显示牌：9环。

中国的教练和领队叹了一口气。

王义夫的脸上也露出了遗憾。

华人解说员："王义夫没有打出10环，临近比赛结束，看谁心理承受能力强了。老将斯卡诺克尔举枪了。"

斯卡诺克尔举起了手枪，沉着干练地扣动扳机。

砰！显示牌：10环。

身后爆发出观众热烈的掌声。

许海峰站在靶位前，缓慢地举起枪，瞄准，瞄准……

靶心在许海峰眼中模糊起来。

砰！显示牌出现：8环。

观众席激起一片惋惜声。

黄中和领队、教练都十分紧张地看着赛场中的许海峰。

许海峰缓慢地放下枪，陷入调整之中。

王义夫从容拿起手枪，果断发射。

几乎同时，斯卡诺克尔的枪也响了。

两个人身旁的显示牌同时显示：10环。

观众爆发出了喝彩声。

黄中异常严肃，没有表情。

华人解说员："瑞典斯卡诺克尔和中国王义夫各自打出10环。斯卡诺克尔领先王义夫1环，请注意7号靶台的许海峰，他还在调整，没有举枪……"

许海峰子弹上膛，举枪瞄准，强烈的阳光在靶纸上折射得格外刺眼，枪在摆动，微有摇晃，他没有击发，而是把枪放下，摘下绑在腕上的手帕，擦了擦眼角。

149. 普拉多射击场观众席

黄中用疑问的目光看着领队。

领队："他的眼睛出毛病了？"

150. 普拉多射击场

许海峰再次举枪，瞄准靶心，控制自己的动作，左手插入裤兜。

求稳。

阳光下的靶子，越来越模糊，纹路变形……

准星、缺口变得异常。

许海峰的食指压住扳机，犹豫不决，最终没有扣动扳机，毅然决然地把枪慢慢地放在靶台上，他像结束了比赛一样，把手帕缠在腕上，看了一眼身旁的斯卡诺克尔，没有再去拿枪，转过身，向旁边的裁判员做了一个休息的手势。

裁判员点头同意了。

of the XXIIIrd
Angeles
中国

许海峰步履缓慢地离开了靶场，向休息室走去。

王义夫投来惊诧的目光。

斯卡诺克尔眼里射出疑惑的目光。

静卧在7号靶台上的手枪。

151. 普拉多射击场观众席

一张张惊疑的脸像葵花盘一样，转向许海峰离开靶台的背影。

黄中和领队惊诧不解地站起来了，外国观众见他们遮挡视线，示意他们坐下。

黄中焦虑不安地问领队："怎么回事？你去看看！"

领队起身奔向射击区，被工作人员阻拦。

许海峰头也不回地走进了休息室，背影留下一个巨大的问号。

华人解说员："7号靶台的中国运动员，还有最后三枪没打，去休息室了。手枪慢射是允许休息的。但这是关键的时刻，弃枪休息，运动员容易丧失状态，要么打下去，要么就是彻底放弃。"

黄中："这个人，平时怎么训练的？"

领队："第一次参加奥运，免不了紧张。"

152. 普拉多射击场休息室

休息室里，许海峰坐在椅子上，倒了一杯白水，闭上眼睛，尽力让自己平静下来。

153. 普拉多射击场

靶位前，王义夫毅然举起手枪。

斯卡诺克尔也举起了手枪。

砰！砰！两声枪响。

王义夫10环。

斯卡诺克尔9环。

华人解说员的声音："斯卡诺克尔出现了9环，没想到，中国的王义夫打出10环。现在两个人总分都是555环了。比赛到了关键时刻，一枪决胜负了，金牌将落到谁手！"

王义夫举枪。

斯卡诺克尔同时举枪。

两人互不相看。

观众盯着靶子，期待枪响。

黄中和领队、教练，紧紧盯着王义夫。

154. 普拉多射击场休息室

许海峰静坐不动，杯里的水慢慢地冷却。

155. 普拉多射击场

王义夫、斯卡诺克尔同时扣动扳机，枪声同时响起。

显示牌出现：王义夫9环、斯卡诺克尔10环。

观众爆发出热烈的欢呼声。

王义夫久久凝望着枪靶。

华人解说员的声音："老将斯卡诺克尔以10环的成绩领先王义夫1环，这是最后的较量，冠军已成定局。"

斯卡诺克尔摘下帽檐边那张遮阳的纸条，打开可乐畅饮起来。

画面切至演播室，瑞典转播台向国内传达这个振奋人心的消

息了。

黄中焦急地看表。

领队："许海峰这是怎么了？"

黄中："你记住，奥运会表现差劲的，回国一律停赛三年！"

领队："他的时间还有，等等看。"

华人解说员："赛场上枪声停了，只有中国选手许海峰，还有最后三枪没打。"

156. 普拉多射击场休息室

许海峰凝视着那杯水，闪烁着斑斓的光影……

一声婴儿清脆悦耳的啼哭。

唤醒满身泥水的赤脚医生许海峰，他从江岸苇草间猛地跪起，循声望去。

Games of the XXIIIrd

lympiad Los Angeles

金黄色的光柱就像一根根闪光的绳子，把一轮仿佛被江水浸过的红润润的大太阳拽上天空。小船在朝霞染红的江面上漂游，婴儿的父亲站在船头，狂喜地擎举起新的生命，沐浴在勃勃生机的霞辉里，男人粗犷地呐喊："我的儿子！"

船头、婴儿、红日无比美妙的轮廓，伴随着婴儿有力的啼哭，道出中国人的生命之源……

婴儿的哭声，渐渐远去。

许海峰放下水杯，下意识地揉搓曾接生过生命的双手。

157. 普拉多射击场观众席

时间在流逝。

各国记者、裁判都在看表。

许海峰头上扎着一条手绢，脸色显出格外的轻松，平静地款步走向靶场，自然地和王义夫对拍了一下手。

黄中看见许海峰有如王者归来之派，向许海峰招手示意。

许海峰进入一种忘我境界，目不斜视，径直地站定在靶台前。

158. 普拉多射击场演播室

华人解说员："许海峰没有放弃比赛，他回到了赛场，最后的三枪将成为最后的悬念！"

159. 普拉多射击场观众席

所有观众的目光如无形的压力，聚焦在许海峰身上。

他提枪，瞄准……

萨马兰奇同观众一起，注视着这个中国年轻射手的表现。

华人解说员："许海峰留给自己的时间不多了，三枪都能打出10环吗？打出一个8环，即淘汰出局。"

许海峰摸出一颗子弹，平稳地压进枪膛。

静场。

所有摄影记者的镜头聚焦许海峰。

华人解说员的声音："现场非常安静，等待他扣动扳机的时刻，全场的目光构成一股压力……"

枪口的特写。

许海峰轻扣扳机，砰！子弹像生命的音符扑向环形的线条中心。

10环。

哇！像一个惊叹号写在所有观众的眼里。

许海峰沉着地装弹，毫不犹豫地扣动扳机，射出第二发子弹。

9环。

观众发出一阵唏嘘。

黄中像年轻人一样激动紧张，死死抓住身边领队的肩头。

斯卡诺克尔明亮的眼睛，捏着手里的饮料瓶。

悬念，强烈的悬念。

下一枪，他会打出几环？

许海峰迟疑片刻，用手绢擦拭一下最后的子弹，从容地压进枪膛。

全场安静极了！

目光聚焦这最后一枪。

萨马兰奇在等待结束这场比赛的一枪。

这一枪，打成远弹，彻底淘汰。这一枪，打出9环，是向斯卡诺克尔称臣。

这是怎样的一枪？

许海峰举起的枪，慢慢地放下了。

裁判长看着手表计时。

黄中眼睛一眨不眨地盯着许海峰。

摄影记者们的快门啪啪作响。

许海峰定定神，毅然举起枪来。

一个悬念，吊住了所有观众，连礼仪小姐都在期待许海峰结束全场的一枪。

许海峰的眼睛……

手和枪，准星、靶子……

扣动扳机的手指像扣动黄中的心弦一样。

黄中咬着下唇屏住呼吸！

砰！

许海峰放下枪，从容地坐下。

静场。

10环。

成绩牌上显示许海峰的最后成绩：566环。

突然，爆发出了震耳欲聋的欢呼。

华人解说员：“奇迹出现了！男子50米手枪慢射冠军诞生了！这也是洛杉矶奥运会的第一枚金牌！”

黄中这位69岁的老人，蓦地跳起，像跨栏选手，连续跳过几个座位，越过一道横杆，猛地冲向射击场，工作人员上前拦他，他一把甩开，对方被推了个趔趄。他不顾一切，不顾一切地向许海峰冲去。

许海峰起身：“黄团。”

黄中猛地抱住许海峰，激动忘情地亲吻：“好孩子呀！”

许海峰看见黄中老泪纵横：“团长，我完成任务了吗？”

黄中：“孩子，你为国家立功了！”

许海峰沉浸在射击意识里：“真的吗？我还想从零……”

黄中："咱们中国没有零了！好小子！"

王义夫和中国领队拥抱在了一起，欢呼雀跃。

斯卡诺克尔脸上露出了无奈的表情，离开了现场。

160. 普拉多射击场奥委会工作室

一位工作人员撒腿向场外飞快奔跑。

另一个工作人员急急地打电话："颁奖仪式必须推迟！"

161. 普拉多射击场颁奖台前

颁奖台设在射击场旁边的绿色草坪上。

许海峰、斯卡诺克尔、王义夫三个人分别站在颁奖台前。

三个工作人员捧着三枚奖牌，三个美国姑娘捧着三束橄榄枝花

环站在后面。

黄中、教练、领队穿正装站在颁奖台一侧。

乐队已进入现场。

一个工作人员跑过来："对不起，颁奖仪式推迟了！"

获奖者一脸的疑惑。

162. 普拉多射击场颁奖台附近

萨马兰奇走向黄中："十分抱歉，黄先生，即使金牌已属于你们，但我还不能挂在小伙子胸前，请耐心等待。"

黄中："主席，尿检出了问题?"

萨马兰奇："不，是工作人员。"

黄中疑惑的目光。

萨马兰奇："工作人员只准备了一面中国国旗，你们的运动员获得两枚奖牌，还需要一面你们的国旗，他们派人去取了！"

黄中："这，我可以理解。"

萨马兰奇："我不能理解，这是我主持奥委会的第一次颁奖，出现了这样的差错。"

黄中："因为中国从未得过奥运金牌，很多人低估了我们。"

萨马兰奇："我今天非常欣赏中国选手，他们用子弹打碎了一些人的看法。"

黄中："谢谢萨马兰奇主席。"

萨马兰奇看表："要等三十分钟，才能开始……"

黄中："没关系！三十分钟我们可以等的，为了这枚奥运金牌，中国人等了五十二年！"

萨马兰奇："我注意到了你亲吻运动员的情节，让我有些嫉妒呀！"

黄中："这一天来得太晚了。"

萨马兰奇："不！这是中国体育史上最伟大的一天。"

163. 普拉多射击场颁奖台前

等待中，斯卡诺克尔向许海峰说："祝贺你，许。"

许海峰尊敬地回应："感谢您，您一直是我的榜样！"

斯卡诺克尔："你是一匹马！"

许海峰："我的教练向您问好，欢迎您来中国，请您喝最好的酒！"

斯卡诺克尔笑了笑："谢谢，这次冠军是中国的，下次是瑞典的。"

王义夫："下次，中国还要得冠军的。"

突然，天空传来了飞机轰鸣的声音。

众人向空中张望。

萨马兰奇笔直地站立着，所有的人都笔直地站立着，庄严的等待变成崇高的迎接。

许海峰注视飞机，那绺卷发被风吹起。

天空中，一架直升机向现场飞来。

端着金牌、银牌、铜牌、鲜花的

工作人员、美国姑娘仰望蓝天……

乐队、升旗手望向天空。

近了，直升机的舱口，突然有人抖出一面五星红旗。

啊！在蓝天白云间，像一道彩虹，猎猎展开，五颗金星，格外醒目。

在场的所有中国人肃然起敬。

在场的所有外国人起立，向五星红旗行注目礼。

萨马兰奇深沉地仰视。

黄中激动地把手放在胸口。

五星红旗随着直升机在慢慢飘降。

许海峰、王义夫在仰望着五星红旗。

萨马兰奇将金牌挂在了许海峰的脖子上。

乐队奏响了中华人民共和国国歌。

两面五星红旗和一面瑞典国旗在《义勇军进行曲》伴奏下冉冉升起……

164. 国歌声中：供销社

许银芝和易主任，所有来看新闻的父老乡亲，在国歌声中，都激动不已地肃然站立，向着升起的国旗，含泪唱着国歌……

许银芝腰板挺得最直。

165. 国歌声中：石家庄陆军学校教室

易邦发和曹参谋等众多军人在国歌声中，激动地站立起来……

屏幕上，许海峰胸前那枚金牌……

166. 国歌声中：深圳一家服装厂女工宿舍

马静目不转睛地在盯着电视，看到许海峰那张微笑的脸，她流泪了，再也掩饰不住自己，一头扎到了蚊帐里。

女工友们费解地看着她……

167. 国歌声中：安徽省射击队教练办公室

欧阳迪、吴教练已是满脸热泪，拥抱在一起。

欧阳迪："老吴，咱们中国什么时候能举办奥运会，咱俩就能去现场，看海峰打枪了！"

168. 国歌声中：许海峰手擎奥运火炬跑动的双脚

字幕：二十四年后　中国北京

169. 北京奥运会（资料片）

宏大的鸟巢体育场，升起了中国的国旗和奥运五环旗。

字幕：2008年8月8日北京第29届奥林匹克运动会开幕式

国际奥委会主席罗格致辞："……长久以来，中国一直梦想着打开国门，邀请世界各地的运动员来北京参加奥运会。今晚，梦想变成了现实，祝贺北京！"

许海峰奔跑的脚步……

中华人民共和国主席胡锦涛宣布："北京第29届奥林匹克运动会开幕！"

萨马兰奇与在场的观众一样，期待着激动人心的奥运圣火点燃仪式。

全场所有的灯光都暗淡下来，只见一片火苗从远处飘逸而来，许海峰（51岁）身着白色运动服，高擎奥运圣火的火炬，从体育场入口，穿过长长的过道，出现在体育场，九万名观众顿时欢呼如潮。

圣火照耀着许海峰刚毅的脸庞，向前奔跑着，奔跑着。

许海峰把火炬传给了跳水奥运金牌获得者高敏……

火炬传给了体操奥运金牌获得者李小双……

火炬传给了举重奥运金牌获得者占旭刚……

火炬传给了羽毛球奥运金牌获得者张军……

火炬传给了跆拳道奥运金牌获得者陈中……

火炬传给了女排奥运冠军队队长孙晋芳，她传给了奥运体操冠军李宁。

李宁高举火炬腾空飞翔，在体育场上空一幅徐徐展开的中国式画卷上矫健奔跑，奔跑，跑到火炬塔旁，他点燃了引线，巨大的祥云火炬塔顿时燃起喷薄的火焰，熊熊燃烧的奥林匹克圣火，把鸟巢上空映照得一片辉煌……

圣火照亮了中国人从参加奥运，到获得金牌，到举办奥运的百年梦想，照亮了一个伟大民族不甘落后勇于拼搏的足迹。

嘹亮的小号声将国歌的旋律推向高潮。

170. 字幕：本片根据许海峰的故事改编创作

2012年1月8日

《许海峰的枪》剧本设计和拍摄构想

王兴东

一、真人真事的艺术价值与拍摄目的

1. 以真人来写史，以视觉形象留史。1984年，没有预先记载这个中国历史中不可缺少的人物。奥运金牌“零的突破”者许海峰，对于讲述中国改革开放史是很有意义的；因为没有留下可以看到的人物成长的故事和再现当时的纪实，这为我们的电影创作预留了空间，电影可以填补这样一个空白。

2. 以人为本，以真为根。真人真事就决定了这部电影认知的可信性，取生活的真实故事，以大事不虚、小事不拘的原则，构成这个人物和故事。一切为了揭示这个奥运英雄的成长轨迹与性格形成，细节的真实性是决定人物和电影的真实可信性的。因此，剧本从生活中可以找到很多特定的细节。

3. 真人真事的局限性出特殊性。由于真人还活着，限定了自由的创作和随意的编造，必须无损所有的当事人，防止对号入座，在当事人接受的前提下虚构。真人真事不好弄，局限性要求我们出特殊性：

A. 真实的揭秘性——不知道中国第一枚奥运金牌是安徽省和县新桥镇供销社卖化肥的人创造的奇迹？许海峰从打麻雀到打步枪，到打手枪，到得金牌。人与枪，怎样练就了中国的第一枪？

B. 性格的特殊性——中国首金为什么没有出在北京和部队，而出在安徽和县这个青年人之手？他是如何成为世界第一神枪手，实现中国人第二个奥运梦想的？地域性特点，打麻雀是练枪的合理性，尚武精神是受父亲影响。底层小人物的性格，“挑战命运，战胜自我”，出身草根，苦苦挣扎，从卖化肥的供销员，成长为奥运英雄，具有传奇性。性格创造是全片第一位的，性格创造成功，就回答了为什么他能代表中国实现金牌“零的突破”。

C. 正是因为真人真事不好弄，挡住了很多竞争者，真人真事也恰恰成为本片的优势。“纪实的风格，情绪的手段，以情绪感染人，以事实取信人，以励志打动人。”

没有限制就没有独特，没有独特就没有风格，没有风格就没有经典。

许海峰是实实在在的真人，不是捏造的，不是组合的，人们对于一个真人的故事可能更感兴趣。

4.《许海峰的枪》影片要制造一个话题。许海峰本人对于创作的支持是影片成功的支撑。这部电影建立在名人效应和长期铺垫的新闻性上，人们自然会关注中国奥运首金的奋斗史。今年奥运出征也将是一个话题：“你知道中国第一枚奥运金牌是怎么拿下来的吗？能像许海峰那样用功就能像他那样成功!”

5. 体育题材的一次探索和突破。表现体育射击的电影从未有过，一人一事立主脑，即“一个人和一支枪：一枚金牌和一个国家的形象”。射击不是集体项目，因此不拘泥于体育赛事上，而是重点在人物挑战命运，写人物性格的成长。在濒危中求新生，在落后中求强大，在屈辱中求尊严。

6. 奥运精神是当前的核心价值体系中的重要部分。《许海峰的枪》既是体现爱国主义的民族精神，也是再现改革开放的时代精神。这是优势，要发挥题材优势。这是为党的十八大献礼，为伦敦奥运中国军团送行的最好时机。

二、主题思想

目标就是人生。

命运不是天生注定，一切都可以突破。（个人命运和国家命运）

三、故事焦点

人与枪。

一个人和一支枪：一枚金牌和一个国家的形象。

四、本片的风格，拍成一部情绪电影

全戏四章构成起承转合，制造四个大的情绪段落。

这部电影一定要做成情绪电影，没有情绪就没有感染力，编年史、人物传记都不行。“交代多，戏就拖”“冲突淡，没戏看”“没焦点，戏就散”“没意外，戏失败”“情绪断，戏就乱”。

四章围绕情绪段落而构筑，由单元内容与主题来组成。

第一章　超龄落选

核心问题：夺冠遭拒，不选你，超龄了。

命运委屈了主人公，七分钟被推进“大坑里”，看主人公挣扎，观众为主人公同情。

意外有了，主人公在需求中遇到障碍。开端的事件就是“激励事件”，一切都是围绕这个事件而后发生的，主人公实现自己的目标了吗?

落选不仅不能实现专业射击，还影响他和马静的爱情，专业射

编剧王兴东、导演王放放在原国家射击队总教练赵国瑞家中看到许海峰的射击日记

击和爱情，这是个人不自觉的愿望。

开场许海峰的射击就是带情绪进戏，另一边就是供销社甩铁夹子交款，造成一个段落。

因超龄而落选推动被压抑的情绪，向前走。家里的反应，女友的态度，知青的对比。

应征入伍，二次超龄落选，命运打击加大，情绪继续施压。知青都走，主人公独守陋室，人物怀才不遇，无法抗击命运，打灯泡到了顶点，人物痛苦情绪到了最低潮。

从主人公被拒，一直到此情绪不泄，不松，保持对人物的压力。

接生孩子后，丢枪意味放弃，目标迷失。

情绪焦点出现在：母亲探子是这章的重场戏，压抑情绪到了爆发之处：

母亲再也抑制不住地说："海峰啊，咱不怨部队，也不怨省里，你也不要怨你爸，更不能怨人姑娘家，也不怨你没机会，怨就怨你妈吧，我把你，早生了四年啊！"

母亲的自责，犹如锥刺，他跪抱着母亲的腿："妈，怎么能怨你呀。"

母亲："咱差的不是能耐，是生辰年月，委屈你，妈也跟着委屈，你生得不是时候！命苦。"

许海峰含泪抬起头："妈，不说了，这命，其实在自己的手里！"

母亲发抖的手抚在儿子肩头："你心里难受啊，别去偷瓜，想哭，你就哭出来吧，海峰，当着别人的面儿，别像丢魂儿似的，让人瞧不起，当着弟妹面呀，你要挺着，你是老大！"

许海峰抓起母亲的手："妈，儿一定要活出个样来！"

这场有两个情绪焦点：1. 跪抱母亲，孝动人心。2. 婴儿家人来感激，推动余波。

后边打麻雀动作要形成一段有趣的情绪段落，揭示男女主人公情感。

第二章　背水一战

改手枪后，请假成了障碍，比枪是情绪段落，赛后等待通知，继续给主人公施压，化肥伤眼，成为此章最大的危机和障碍。面对通知，主人公挑战命运的制高点，痛苦的选择，去，要失败；不去，失机会。这种情绪一直推动到霸王祠送子出征。

情绪焦点要做好。这是最能揭示人物性格的，宁做失败的英雄，不做平庸的懦夫，背水一战是单元主题。

两个情绪段落和焦点：

1. 军民比武之后镇淮楼上，两人相拥。

2. 等待通知前后两个小段落：

A. 再次夺冠，父亲看到一箱子弹壳。

B. 第二次挑战命运，化肥伤眼到送儿出征。霸王祠中的许海峰：

许海峰："爸，射击就是我的命，我决心离开这里，一去不返，不留退路。爸，还记得吗，咱家从福建搬回和县，那年春节你带我来霸王祠，给我讲楚霸王项羽破釜沉舟、背水一战。今天，儿子就是到了背水一战的时候了，别无他路了！"

静。

…………

徐义英："海松，你在念大学，不行。"

许海松："我星期天没课，能行！"

马静感动地说："你们都替，我不能不替。"

许海峰被手足之情炙热眼眶……

许银芝："卖化肥咱们许家接下来了！周一、周二、周三我和你妈，周四海波，周五海芸，周六休息，周日海松和我结账盘货。海峰，放心地去吧！"

许海峰无比感动又深含愧意地鞠躬："我，让全家为难了！"

三个弟妹："哥！"

许银芝掏出那把小口径手枪："给你擦过了！试试？"

许海峰摇摇头，欲接。

"我来试吧。"许银芝举起枪，从心底里迸发出祈祷和激励，"难得咱家齐聚这里，借霸王之威，为我儿海峰出征，送行！"说着，他冲殿外连放三枪。

砰！砰！砰！

许银芝转身把枪郑重地交给了许海峰，老泪盈眶。

第三章　忍痛割爱

为了目标，一切不能割舍的必须割舍，有所作为必有所不为，包括最深的爱情。与前两章是最好的强烈对比，当自己的情人成为负担之时，爱情与目标面前，他选择什么？选择目标，战胜自我是最难的。

成绩下降，压力增加，原因出来了。欧教练武断近乎无情地拆散他心中的压力。两个小段落，一个大段落：

A. 马静撕布。

马静眼里含笑带泪，将散落在地上的布条拾起：“舅，你带

全国政协十届五次会议上许海峰与王兴东合影

给海峰，告诉他，我也有了自己的目标，不为他当弹壳了！”

吴教练安慰式地拥抱着马静：“孩子，回家见了你妈，就说舅舅是个混蛋！”

B. 马静探视。雨中追赶。

相见不相认，进入一种境界，射击的特点。两人的性格与情绪，追赶出去。

C. 教练送行，从入选国家队开始。师生别离前，这是一个情绪大的段落，到本章结束。

许海峰：“斯卡诺克尔！”

欧阳迪：“他得奥运金牌比你年龄还大。”

许海峰：“37 岁。”

欧阳迪：“他当过空军，经过商，和我同岁，现在还没有结婚。”

许海峰：“您见过他？”

欧阳迪摇摇头：“他参加世界各种比赛，走访七十多个国家，用枪为瑞典人打出了品格，用奖牌证明了瑞典人的意志，瑞典国王两次嘉奖他，他锲而不舍的精神影响了整个瑞典！”

许海峰：“我明白了，教练。”

欧阳迪：“你明白了什么？”

许海峰：“你希望我和他，能在奥运赛场上相遇……”

欧阳迪：“说下去。”

许海峰：“我要告诉他，中国有一个老射手，本想与你同场竞技，因为‘文化大革命’，他被下放到了工厂，一切都耽误了。可是他教练了我，派我来了！”

“海峰！”欧阳迪端起酒盅一饮而尽，两行老泪纵横而下。

“教练！干！”

第四章　三枪决胜

从“超龄落选”的激励事件，命运锁住喉咙，一直到突破命运和突破中国奥运零的纪录。第四章走向全片的高潮。

最后三枪是最大的危机来临，也是性格走向成熟和全部的揭示，因三枪而决定最后的结局，实现“创造一个壮观的场面和真理，融为一体的效果”。

个人命运的突破和国家命运的提升，中国得了两枚奖牌，金牌和铜牌，国旗却缺少一面，从天而降，世人仰望。这是中国体育史上最值得纪念的一天。每一个中国人都要想一想，谁创造了历史？中国的小人物！

一个大的段落，两个情绪焦点：

A. 从比赛开始，放下休息，三枪打出，夺得冠军，黄中奔跑而上，狂吻的动作，形成焦点。

华人解说员：“奇迹出现了！男子50米手枪慢射冠军诞生了！这也是洛杉矶奥运会的第一枚金牌！”

黄中这位69岁的老人，蓦地跳起，像跨栏选手，连续跳过几个座位，越过一道横杆，猛地冲向射击场，工作人员上前拦他，他一把甩开，对方被推了个趔趄。他不顾一切，不顾一切地向许海峰冲去。

许海峰起身：“黄团。”

黄中猛地抱住许海峰，激动忘情地亲吻：“好孩子呀！”

许海峰看见黄中老泪纵横：“团长，我完成任务了吗？”

黄中：“孩子，你为国家立功了！”

许海峰沉浸在射击意识里：“真的吗？我还想从零……”

黄中：“咱们中国没有零了！好小子！”

B. 国旗从天而降，所有人举目仰望，许海峰泪流出来。国歌奏响，一直到全片最后结尾，都是一个情绪的延长。中间不搞甩来甩去，不能割断音乐所创造的情绪。

五、以下陌生化场面和情景

1. 奥运赛场，直升机运国旗，最精彩的画面，完成主题的段落，必须拍出情绪，感染观众的民族自尊心和荣誉感。

2. 三枪休息时，回想接生的壮丽情景，跪向太阳和婴儿，命运之手和中国人的生命力。

3. 欧教练工作室，看到满墙的靶纸、数字，透视师徒情和教练的胸怀与智慧，这个场景画面前所未有，只有此片特有。

4. 霸王祠送子出征的场面，做失败的英雄，大江东去，浪淘尽千古风流人物。庙宇、钟声、大江、父子。

5. 军民对射，从未有过实枪与小口径手枪、业余与专业的比赛场面，本片要戏剧性地创造出来，挑战与对比，为主人公制造更大的压力。

6. 枪打麻雀，兴趣之源，神枪之基，展示人物的性格，把各种打麻雀的镜头组合，形成精彩的段落，扒皮，都要做得残酷，给人烙印。猎物是人类最初发明枪的目标，后来成为战争的武器，到今天用来打靶竞技。追求和平的过程正是奥运精神。

六、细节与人物

1. 送子弹，不同人的做法：母亲熬锡铅弹；马静送小口径子弹；欧教练称子弹和送行时精确的子弹。

2. 父亲擦枪和送枪。

3. 马静的发卡和许海峰的那绺卷发。

4. 知青最后一顿饭，钉筷子。

王兴东与许海峰在安徽和县电影首映礼（2012年10月）

5. 马静甩钱款和报纸，供销社的铁夹子。

6. 欧教练端酒和端纸，测试心态。

7. 欧教练和吴教练在桌上用酒画出的奥运五环。

8. 母亲的子弹袋。

9. 欧教练喝酒，放黄梅戏唱段，称子弹。

七、许海峰人物

稳、准、狠，加高度自信，自尊，体现艺高人胆大。

不必解释他怎么练就的过程，今天电影一看就知道，不讲射击的原理技术问题。

老成稳健，动作准确。敢于下决心，狠，果断。打麻雀出手特别狠，接生特别大胆，蜜蜂蜇他不动，忍耐性极强。

“我是一颗子弹”，认准目标就扑上去。

“命运就在自己的手里。”

自然的卷发，吹起的习惯性动作中，恰恰是内心自信的表现。

射击的动作在排练时，要琢磨出一个特别的动作，给人印象。

命运与成长：一步步、一阶阶地克服障碍，从知青到供销员，从专业射击运动员到奥运冠军。

“男人加枪”，必须演出男子汉的雄威、意志和斗志，壮士征战奥运赛场。

人物关系即戏剧关系：

由于题材所限，不能模仿任何戏剧结构，只能用“火箭式发射法，节节推进人物到达顶点”，每个人物都有阶段的目标。此事件不可能有贯穿到底的对立式人物，正是本戏的特点。因此，四章戏都在突出人物对于主人公成功的冲突作用：母子共克命运之关；父子共勉背水一战；师徒传志竞雄天下；黄团长推向奥运冠军；马静知己透视内心世界。每个人物在一场戏里都要做足情感，产生情感的戏剧推力。

马静、吴教练、欧教练、父母、黄团、易邦发等人都是推进主人公前行的阶段式人物。每个人物出场都要见性格，吴教练慈母型，欧教练严父型，易邦发带些喜剧色彩。人物关系成为主人公阶段的助推器。

八、节奏与情绪

没有节奏就没有情绪，故事推进速度要快，有情绪处要做足，饱满。冲突焦点处不感动人，不能放过。重场戏一定要拍摄到位。无戏处，一闪则过。“交代多，戏就拖！”

戏中多处设计了意外，处理得要果断。

凡冲突处，一定做尖锐，不能慢慢交代而过。

此片，首先要达到感动人，才能理解这个人，敬佩这个人，学习这个人！

一切为创作情绪，丢了情绪，就毁了电影！

2012年3月23日于北京

零的突破：一个民族崛起的精神动力

从创作电影《许海峰的枪》谈起

王兴东

从零到一，艰难的突破，伟大的创造。

许海峰用手枪创造了历史，实现了中华民族在奥运史上零的突破。写这个剧本，也是带着年轻人王放放接触英杰、探索人物成长的一次历程，从中可以感悟人生奋斗与成功的目标，走向生活进行实际调查，这是一切创造者的必经之路。没有许海峰的信任和授权，是无法创作这部电影的。没有安徽省委宣传部副部长郎涛的鼎力支持，电影也是无法拍成的。王放放也就无法实现电影导演“零”的突破。

现在，结集出版电影剧本，除了总结体育题材电影的创作经验，弘扬中国体育健儿创造的奥运精神之外，对剧本版权以后的使用也有着长久的用途。这部版权的形成，我们深入地采访了许海峰同志，见到了所有能见到的涉及许海峰人生道路成长的人物。当年采访的许海峰在国家队的教练，都已去世了。出版这本奥运电影剧本，为中国奥运电影留下有据可依的原始版图，为今后再度拍出同类影视作品，或者改编舞台戏剧，都有使用的版权价值。

一、用电影再现中国人的两次奥运梦想

我有幸为中国奥运第一人和奥运第一夺金者，创作了《一个人的奥林匹克》和《许海峰的枪》两部电影，用银幕再现了中华民族的两大奥运梦想，即：什么时候中国人能参加奥运比赛？什么时候能得到奥运会金牌？这些历史的记忆，对于当代年轻人已经成为久远的故事。现今，中国GDP已居世界第二位，在各个领域的成就举世瞩目，有人认为已无须用奥运金牌来证明国家的实力和民族的自信。

世间任何物质都可以被销蚀，唯有精神的力量是不朽的。以史为鉴知兴替，中国人民为了摆脱贫困，不甘落后，追赶世界，赢得尊严，在参加奥运会的征程中激发着强烈的民族精神，表现出伟大的爱国热情，凝集着中华民族奋发图强的意志，为国家尊严和民族复兴而勇敢拼搏。正如拿破仑所言，“世界上只有两种力量——利剑和精神。从长远说，精神总是能战胜利剑”。

“零的突破”，是由无数的中国人在奥运征程中前赴后继，百折不挠，创造出来的极为可贵的精神能源。

从1896年的第1届奥运会开始，一直没有中国人参加比赛，直到1932年，大连人刘长春参加洛杉矶第10届奥运会，一个人代表了一个民族，结束了奥运会上中国人三十六年缺席的历史。这是一次满怀悲壮、含血带泪的“零的突破”，世界跑道上从此有了中国人参赛的身影，有着古老文明的中华民族不再是“东亚病夫”，敢于参加世界赛场的激烈角逐了。

1984年，许海峰用手枪打落了第23届洛杉矶奥运会第一枚金牌，实现了中国人的第二个奥运梦想，用了五十二年时间实现了奥运金牌零的突破，从一个人，到一个国家，看一个民族，自信自强地独立于世界民族之林。

没有突破的民族是被忽视的民族，谁做到了零的突破，谁就是

民族的英雄！许海峰实现了“零的突破”，突破就是成功，突破才有新生，这就是奥运会给予我们的人生哲学。

二、罗格主席第一次为电影题写片名

我是电影文学创作者，并不是体育爱好者。然而，我最爱看奥运比赛，因为比赛的悬念最引人，冲突最激烈，意外最精彩，高潮最激动，所有电影的戏剧性都没有比奥运比赛更真实、更集中、更美妙、更刺激的了，看奥运竞赛比看电影更动真情，尤其是看中国队参与比赛，心潮起伏，期待结局，谁是英雄？

伦敦奥运会开幕式上，导演让007请出英国女王，戏剧性地将女王空投到现场。电影艺术的创造与突破，实现自由想象的表达，体现了自由、平等、和平的奥运精神。

艺术的表现加体育运动的体现，共同在实现弘扬奥运精神的目的。在我编剧的诸多电影中，不能不提为迎接北京奥运会而创作的《一个人的奥林匹克》，英文片名是由国际奥委会主席罗格亲自题写的，这是中国电影值得纪念的一笔。

我在《政协文史资料选辑》第70期，找到了刘长春回忆首闯奥运会的经历《我国首次正式参加奥运会始末》，记录了1932年刘长春只身前往洛杉矶奥运会的往事。因为那时国家被侵略，贫困落后，没有任何随行记者，更无影视资料可存。因此，拍摄一部电影，再现当年故事的必要性就凸显出来。

刘长春曾是大连玻璃厂的工人，由于跑得特别快，被张学良办的东北大学破格录取。“九一八”事变后日本占领东北三省，日本人用各种诱惑让刘长春代表伪“满洲国”出席美国洛杉矶奥运会，23岁的刘长春妻儿家室都在日本侵略者的掌控下，但他不畏强迫威胁，毅然拒绝代表伪“满洲国”，为戳穿日本侵略者阴谋，决心代表中国去参赛。张学良资助他八千银圆作为往返费用，他在海上漂了二十一天，由于旅途劳累，在100米和200米预赛中就被淘汰了。然而，他孤胆前行，代表四万万中国人，手执大旗，步入奥运赛场的精神，永载史册。

我经过一年多的采访和调查，编剧了《一个人的奥林匹克》这段中国人悲壮的参赛故事，得到了国际奥委会主席罗格的支持，他愿意为影片题写英文片名。他对我说："这是我第一次给一部电影题写片名，刘长春的故事我知道，拍摄这部电影是很有意义的。"

三、在美国洛杉矶与许海峰成为好朋友

我随北京市广电局到美国洛杉矶宣传《一个人的奥林匹克》电影，当年刘长春首闯奥运会，洛杉矶的华侨团体给予了大力支持，没想到这部电影在美国洛杉矶进行的推介活动也受到热烈欢迎。美洲华侨总会联谊会秘书长黄金泉激动地说："如今，国家昌盛了，在美国举行这么有中国特色的推介活动，我们华侨感到特别自豪！"

为了宣传关于刘长春的电影，许海峰被邀请来到洛杉矶。美国南加州这座城市举办了两届奥运会，刘长春在这里没有取得成绩，甚至被画了个"鸭蛋"，五十二年后由许海峰在这里用手枪打碎了"鸭蛋"，实现了中国人夺得奥运金牌的第二个梦想。把许海峰的故事拍成电影，从此也成为我的梦想。

这枚奥运首金，是几代中国人的梦想。我想到共和国的缔造者们，为国家体育事业呕心沥血的开拓者贺龙元帅，没能看到中国人拿到奥运金牌的情景。

这枚奥运首金，零的突破，像一颗精神原子弹，激励着正在经历改革开放的一代人。当时我33岁，看到奥运赛场上五星红旗升起，热血沸腾地鼓掌欢呼。我想，最壮美的人生是什么？就是像许海峰、李宁他们那样，能让国旗因你而升起，让国歌为你而奏响，在世界赛场上，展现一个国民对于祖国至高无上的忠诚，这就是民族英雄

王兴东与许海峰在洛杉矶，埋下创作的种子（2008年）

最壮美的人生。

为什么用《许海峰的枪》这个片名？让我联想到安徽合肥李鸿章故居展览着的一支洋人手枪。1840年鸦片战争以来，英国人就是用洋枪打破了中国的国门，从此中国人沦为被侵略被压迫的“东亚病夫”形象。而在1984年7月29日这天，在美国洛杉矶的赛场，在世界的注目下，许海峰在强手如林的竞赛中，举起手枪，从容镇定，用子弹在靶纸上书写着中国人自信的密码，抒发着改革开放后的中国人敢于参与一切世界竞争的意志。世界在这一刻，见证了改革开放后的中国人射出的子弹。许海峰用这支枪，代表中国人做了一次历史性的回答，改写了中国人进军奥运的历史，改变了世界看华人的目光，改换了中国人在世界竞争格局中的地位。

四、少一面五星红旗不能颁奖

许海峰比我小六岁，他的故事能写成一部电影吗？人还健在是否有必要拍成电影？

电影是以人为本的艺术，许海峰是写入中国改革开放历史的杰出代表人物，做这样的电影是有着现实与历史价值的。1984年中国刚刚实行改革开放不久，世界对中国抱有很多疑虑。然而，没有想到在洛杉矶普拉多射击场，许海峰以566环战胜了瑞典老将斯卡诺克尔夺得金牌。由于许海峰名不见经传，没有留下完整的影像资料，这也为电影创作留出了空间。任何作品都是时代温度下反映的产物，用视觉文学讲述许海峰的故事，必然融入时代精神的印记。

我问许海峰夺得金牌时的想法。他说，当时没有多想，就是想做好每一个动作，最后一发子弹打出去，得了冠军时，黄中副团长激动地扑上来亲吻，他这才意识到这枚金牌不仅是他的第一枚，更是中国人的第一枚，而且是萨马兰奇当

许海峰与王兴东在和县电影拍摄外景地

选奥委会主席颁发的第一枚，是洛杉矶奥运会的第一枚。

那天，萨马兰奇主席到场颁奖，突然宣布推迟三十分钟。当时人们很奇怪，可这不是因为尿检问题，而是因为现场缺一面中国国旗。当时王义夫赢得第三名，必须升两面中国国旗，而组委会只备了一面，所以只好等待工作人员回驻地再取回一面。

一切都是意外，这枚中国首金的背后太富有戏剧性了。从未得过奖牌的中国，在首场赛事竟然同时拿到两枚，组织者不得不刮目

安徽省委宣传部副部长朗涛在开机仪式上致辞

相看，这个等待国旗的情节，也成了电影剧本难以寻找的结局。当第二面五星红旗由直升机运达会场的时刻，电影的高潮油然而生，在这最庄严最神圣的颁奖升旗的场面里，许海峰、王义夫用手枪，征服一切轻视，主题完成了！

生活总是比戏剧更精彩，如果不是采访许海峰，想都不敢设想真实的1984年奥运会上，竟然因为没有预备好两面五星红旗，必须回去再取，才能举行隆重的萨马兰奇主席的首次颁奖仪式。

许海峰对我说，这枚金牌和别的金牌没什么不同，是他的运气好。中国的第一枚奥运金牌，已经捐给国家博物馆了。

在许海峰的授权许可下，我和制片人王浙滨、导演王放放去安徽省和县深入采访。当年，他卖化肥的仓库还在，听他母亲、弟妹、同学讲他成为射手的往事，也讲他初恋的故事。在国家队、省射击队，我们采访了他的两任教练。由于这个题材是安徽的人、安徽的事，在第九次文代会期间，我向安徽省委宣传部副部长郎涛汇报，他当即表示，许海峰能从安徽走向世界并夺得奥运首金，是改革开放的重要标志，应该作为向党的十八大献礼影片，拍出精品，振奋精神。郎涛亲自与和县沟通拍摄事宜，安徽省电影集团参与出品，和县领导看过剧本，全力支持影片的拍摄。国家体育总局领导做出重要批示，国家射击队给予技术上指导，为演员深入生活提供条件。《许海峰的枪》作为国家电影局的重点影片，正式被中宣部列入向党的十八大献礼影片。

王放放高考时喜欢理科，考入北大化学系，后来选修艺术系，毕业后跟着我们搞电影，当过几部戏的场记和副导演。我带他深入生活，参与剧本创作，就是让他熟悉角色，采撷生活的细节。这是他导演的第一部电影，请来北京电影学院教授谢飞导演做艺术顾问，召开了两次剧本研讨会。为此，我还写了剧本设计和拍摄构想，做了剧本创作的阐述和拍摄要求。这次出版，希望可以为读剧本、写剧本的人有所借鉴。

零的突破，是从无到有的超越，是中国人勇于突破、敢于创新的精神火炬。青年演员李东学饰演许海峰，经许海峰的认可，并亲自教授他射击技术，逐渐感悟到许海峰由供销社员走向奥运赛场的坎坷历程，演绎这样的人生，相信会更加激励青年人奋斗的目标。

文艺是民族精神的火炬。一个精神溃疡的民族是没有竞争活力的民族，必然被世界淘汰，一个道德萎缩而物欲膨胀的民族是没有信仰的群体，必然会走向衰亡。奥运圣火传递着人类文明，已经点燃了中华民族奋发图强的雄心，中国人一次次零的突破，铸造了中华民族的精神脊梁，成为文化创作的精髓。我们有责任，为英雄讴歌，为勇士立传，让零的突破的精神，激励后来人，成为中华民族不断创新的精神基因。

今年是建党一百周年，习近平总书记在党史学习教育动员大会的讲话中，特别强调："在一百年的非凡奋斗历程中，一代又一代中国共产党人顽强拼搏、不懈奋斗，涌

许海峰与李东学、朗涛副部长在开机仪式现场打响发令枪

枪
10
貴賓

现了一大批视死如归的革命烈士、一大批顽强奋斗的英雄人物、一大批忘我奉献的先进模范。”许海峰是体育战线的优秀共产党员，并当选为党的十三大代表。在庆祝建党百年活动中，全党评选100位重要英雄模范，在改革开放和社会主义现代化建设时期，许海峰作为体育界的英雄榜上有名。他所代表的奥运精神，是当代中国共产党人敢于不畏强手，参与世界竞争，为国家赢得尊严和荣誉的精神。再现历史，激励当代，从刘长春单枪匹马悲壮赴会，到许海峰射落奥运首金，再到今天中国奥运军团一次次地在奥运赛场载誉归来，世界已经几百次瞩目，五星红旗在《义勇军进行曲》中高高升起，历史见证了，在中国共产党的领导下，中华民族的复兴大业如旭日东升。

2012年8月29日

2021年10月修改

追寻英雄的脚步，不断前行

——《许海峰的枪》主演李东学采访

电影《许海峰的枪》以“一个人和一支枪：一枚金牌和一个国家的形象”，讲述了中国奥运首金获得者许海峰如何从供销社员成长为奥运冠军的故事。影片大量挖掘了许海峰在这段成长路上鲜为人知的故事。

2012年3月24日，全体剧组人员与许海峰共同鸣响了见证洛杉矶奥运会的慢射手枪，宣布电影《许海峰的枪》正式开机。也是从那天开始，《许海峰的枪》全体剧组人员与演员李东学，共同开始了追寻英雄脚步、不断前行的创作之旅。

一、追寻英雄足迹，有幸结缘《许海峰的枪》主创团队

《许海峰的枪》是一部以我国第一枚奥运会金牌得主许海峰的英雄事迹为原型，进行艺术创作的电影。寻找许海峰原型人物的扮演者，曾经一度成为主创团队的难题。几经周折，机缘巧合下，演员李东学进入了主创人员的目光中。但他帅气、俊朗的外形，却成为塑造“许海峰”角色的劣势。刚开始大家并不看好曾经出演古装偶像剧的李东学，角色的甄选曾经差一点与他擦肩而过。当李东学深

度体验许海峰的生活，追寻英雄足迹，洗尽铅华，再次出现在剧组主创面前时，他的眼神中散发着朴实的坚定。当问及李东学，这种变化是由何而来的时候，他非常骄傲地说："许海峰老师是民族英雄，是我们每个中国人的楷模，能够扮演这样一位英雄，非常荣幸。更重要的是，许海峰老师的曲折经历和坚定不移的努力，也是激励自己前行的动力。"许海峰曾经对朋友表示，李东学眼神和表情中的那种淡定，跟他当年很像。

《许海峰的枪》一经上线，受到了行业内外的广泛好评，由李东学扮演的许海峰，也获得了业内肯定。李东学由此先后斩获"第十四届中国电影表演艺术学会金凤凰奖新人奖"和"英国雅典娜艺

记者采访李东学

术奖——最佳男演员”称号。李东学坦言，这一切都源自“许海峰老师给自己的启发，自己正是追寻着这位民族英雄的足迹，不断在演艺道路上高标准、严要求，塑造人物”。

二、许海峰不服输的精神，是李东学学习的榜样

李东学认为深度走进人物内心，为人物性格找到支点，是塑造角色的第一步。在拿到《许海峰的枪》剧本的时候，他坦言，对于塑造许海峰这样的英雄，的确是有压力的。既担心自己身上的年代感不够，又担心很多人会将自己与真实的许海峰相比。但主创团队和许海峰表示，那是一部电影，又不是纪录片，骨子里的东西对了，一切都对了。因此，李东学决定和许海峰见面，去感受一下这位传奇人物。

一顿饭快结束了，李东学仍然觉得还没有真正走进许海峰这座高山。于是，小酌一杯后，这两个身处不同年代的男人，都打开了话匣子，岁月仿佛回到了那个年代……

15岁，是一个人青春懵懂的开始，也是一个人对未来种下期许的种子的季节。

1972年，15岁的许海峰随父母举家迁回安徽原籍，落户在和县新桥镇。许海峰从小喜欢玩玩具枪。高中毕业后，他用37元钱买了一支气枪。从那以后，他把心思都用在了枪上，瞄远处树上的鸟窝，瞄近处的飞虫。他把理想和志向都寄托在枪上，他就想在打枪这件事上证明自己。

席间，许海峰讲述了自己从供销社辗转省队、从省队到国家队的过程，从力排众议换枪打比赛，又谈到自己那神秘的绿色笔记本，最后慢慢讲述了1984年洛杉矶奥运会最后那三枪。每一次与许海峰的谈话，给李东学的印象都非常深刻。他认为许海峰的目标很清楚，就是靠自己的努力改变命运，从认识小我到思考大我的过程。没有人生下来就是英雄，知道情怀是什么，许海峰都是在不自知的情况下

成长的。能够顶住巨大的压力，在奥运赛场上勇夺第一枚属于中国人的奥运金牌，许海峰的成功并不是偶然的。他一路走来的曲折往事和孜孜不倦的追求，一直吸引着李东学，激励着这名年轻的演员。

许海峰从青年时树立的“坚持、自信、冷静”，在李东学内心慢慢有了支点。李东学在讲述那段角色生活体验时，清晰地感受到：许海峰内在不服输，没有退路，外在却在不断总结经验、方法。许海峰不仅在运动员生涯中取得了成功，作为一名教练员也非常成功，这得益于对方法的认知，这是当时给李东学印象特别深的地方。这些在许海峰身上闪闪发光的精神和品质，如何通过塑造角色，把它展现给观众，李东学倍感压力，但同时，这也是激励他塑造好这样一个英雄角色的动力。

借用英国19世纪演员麦克雷蒂的说法：“去测定性格的深度，去探寻他的潜在动机，去感受他的最细致的情绪变化，去了解隐藏在字面下的思想，从而把握住一个具有个性的人的内心的真髓。”李东学认为：演员通过分析剧本、把握人物性格、深入生活、素养的提高等方面加深对人物的理解，这是这份职业最基本的素养。而这种匠人般精益求精的精神，与《许海峰的枪》这支团队的气质完美契合，而王兴东严谨、富有激情的剧本，无疑最大限度呈现了“许海峰”这样一个真实的英雄角色。

三、大银幕上的许海峰

李东学坦言，经过在电影学院的学习，自己在表演上有了非常高的要求，除了深刻理解角色的内心，下一步就是对角色物理特征的塑造。这其中包括：感受特定情境中的人物语言、人物形象的特征，演员需要毫无保留地投入自身的真诚、无我和热情，才能塑造出有血有肉、鲜活生动的人物形象，否则经不起大银幕的检验。

为真实重现许海峰的成长和夺冠经历，《许海峰的枪》影片85%

李东学在拍摄现场

以上场景都是在主人公生活过的安徽和县取景拍摄。拍摄期间，李东学追随着许海峰的脚步，游历了这个中国奥运史上第一枚金牌获得者的故乡。和县古称历阳，因“县南有历水”而得名，现划归马鞍山市管辖。“人杰地灵”是这个地方的真实写照，有西楚霸王项羽拔剑自刎的乌江，有李白驻足吟唱的天门山，也有刘禹锡贬谪和州的居所“陋室”，更走出了当代奥运英雄许海峰。这片土地和这部电影，让这名年轻的演员一直在思考：自己作为一名演员，究竟要在漫漫艺术长河中留下怎样的印记呢？

眼神、动作、形象等演绎，不单形似，而且神似。一身简单的运动服，安静，话不多，甚至很少笑，李东学塑造的许海峰人物形象，就连许海峰本人也连连称赞。

静态站立的姿势稳定性是气手枪射击运动命中靶心的关键因素，体重被认为是人体站立过程中保持姿势稳定性的重要因素之一。而许海峰在摘得洛杉矶奥运会第一金的时候，身材比较健硕，为了从形体上更接近许海峰，更像一名运动员，李东学在电影开拍前暴吃增肥以贴近人物原型，并勤练射击，为角色虽然身体上吃了不少苦，但内心非常喜悦，那是一个演员以特殊方式最大限度接近角色最真挚的情感。

片场要是有谁饿了，准会想起李东学，因为只要他不拍戏，一定在一边吃零食一边研读剧本，直到影片拍完，他体重增加了二十斤。李东学为了追求神似，坦言：“一般拍戏前我是不吃零食的，但拍这部片子时，就吃了特别多。”这种为角色在外形上做的生理性改变，李东学说，演员必须为塑造角色而做出改变，那是一个演员最基本的素养。直到影片杀青，经过了两个月的调整，李东学才完全恢复到原来的体重和身形。正因为这种对角色极致的要求和绝对自律的性格，才有了大银幕上朴实、稳重、刚毅的“许海峰”。

片方透露，电影中将会出现许海峰瞄准靶心一刹那的特写，可别小看这一个镜头，李东学不仅要在眼神上体现瞄准靶心时的心理过程，同时手还不能抖。李东学回忆起电影拍摄的过程，不由得严肃起来，他表示：塑造一名专业射击运动员的难度在于，你需要像一个运动员。在开拍前的筹备期，李东学来到国家射击队，在许海峰、王义夫的亲自指导下，苦练射击。正所谓外行人看热闹，内行人看门道。李东学并没有把自己当作演员，而是让自己深度沉浸在一个运动员的日常训练中，一样的作息时间、一样的饮食、一样的训练内容、一样的训练量。在国家射击队练习射击，平时拿砖头练臂力，练习专项力量，为的就是让枪口抖动小。一张靶纸能打10.2环，事实上，这个成绩在非专业选手中算很高的。经过一段时间专业严格的训练，李东学才深刻了解到，许海峰当年在训练期间付出了多么大的艰辛，这需要多么大的坚持和毅力。

李东学认为自己有感受是不够的，还要让观众有所感受，不能单纯模仿体验。虽然拍摄之前，李东学从来没有射击经验，但好在从小热爱体育的他颇有运动天赋，加上自己的勤学苦练，拍摄时他端枪的架势与真正的运动员已经基本无异。许海峰对李东学的训练赞许有加：“我要求他，你既然是扮演射击运动员，首先动作得做正确，不能做的动作一看就是个外行，这样拍摄就成了笑话。”李东学正是牢记这句话，没有把自己当名演员，而是把自己当作一名真正的射击运动员，去完成影片中的每一个设计动作。

许海峰并不是照搬学院里教条的理论，而是善于在实践中总结经验和方法，在实际应用中调整改进。而这是李东学在与许海峰本人交流时体会最深的一点：拍戏也需要实践和总结。

李东学在与许海峰交流的过程中，得知他有一些秘密的笔记，便向他借来了那些记录了往昔点点滴滴的绿色本子。看着笔记，一页一页微微泛黄的纸张，李东学的思绪被带进了过去的岁月，感受着许海峰当年在赛场上的感受。能从笔记上看出，许海峰是一位对自己要求极其精确的人，知道从运动员休息的地方到比赛场地有多少分多少秒。他说的两句话令李东学至今印象非常深刻：做任何事，第一找方法，第二要坚持。李东学通过这部影片的拍摄，在总结时也有自己的感悟：第一端枪要稳，第二就是扣扳机时也有很多技巧。正是对原型人物眼神细微之处的揣摩，我们才能从大银幕上看到，由李东学饰演的许海峰，有时会深深地凝望远方，那是许海峰思考时的样子。

李东学的电脑和手机里存了非常多许海峰日常训练和比赛的视频，通过反复观看和揣摩，他发现：许海峰总是习惯性地把左手插进裤兜。于是他向导演提议，在表演时增加这样一个细节。后来向许海峰求证，左手插兜竟然是为了保持身体平衡。同时，李东学还在模仿许海峰走路时脚步的分量。很多时候，人们会对李东学说“差不多得了”，但李东学认为只要自己能做到极致，那就一定要试一试，他认为这是一个演员最基本的职业素养，也是演员的基本功，手眼身法步、内在外在都要掌握。

年少时，李东学曾经非常想成为一名职业运动员，而出演许海峰，也让他得以圆自己的奥运梦。奥运冠军是真正的英雄。影片中，李东学不仅在身高、形象上与那时候的许海峰很像，而且在情绪和情感的表达上也与角色非常吻合。导演王放放坦言：“看了影片你一定会发现，李东学不是靠演，他灵魂里就透着那个中国奥运首枚金牌英雄的影子！我希望大家到时能够走进影院，看英雄，延续体育精神。”正是“民族英雄许海峰”的精神，激励着这样一个富有激情的主创团队，让每个人都全身心投入到电影创作中来。

四、一场下了一夜的雨和最后三枪

谈起《许海峰的枪》这部电影的拍摄过程，李东学表示，这是一个非常棒的团队，和王兴东、王浙滨两位老师学到了很多，与年轻导演王放放也碰撞出了很多创作火花。

《许海峰的枪》开机当天的拍摄地点是在和县郊外的一处池塘边，摄制组在那里搭建了许海峰当初在和县下乡时住的农舍。当天，剧组刚好在那里拍摄影片中的一场重头戏：许海峰在洛杉矶奥运会上打出制胜的最后一发子弹时，心情极其紧张，脑中闪现的就是当初下乡时在池塘边练枪的情景。望着池塘和宁静的水面，李东学很快就进入了角色。

有一场戏是许海峰气馁了，不想再练射击，扔了枪，想想不舍又去捡枪。导演临时加戏，要求李东学跳到河里去捡枪。李东学二话没说就跳了下去。当时是安徽的3月天气，河水有多冷可想而知。为了拍摄好这部影片，导演王放放与李东学以及剧组同事经常一天工作十八个小时以上。

当时的拍摄条件有限，有个长镜头，整整拍了一个晚上。洒水车不停地把地浇湿，那场戏是许海峰拿着一个发卡追马静。事实上真实的拍摄情况是李东学的后面拉着一辆板车，摄像师固定在上面，李东学负重向前跑。因天气原因，这个镜头拍几遍，两辆洒水车就得去加水，拍摄时李东学的全身都是湿的，当时是三四月份，体感非常冷。导演王放放对于拍摄又要求非常高，不行就会重拍，李东学拉着板车上的摄像师和设备一遍一遍地跑。正是每一个电影主创人员高标准、严要求，才能在大银幕上呈现中国奥运第一枚金牌得主许海峰的故事。

传记类电影最怕受影片原型的检验，而影片《许海峰的枪》在制作完成后，接受了许海峰本人的检验，获得了他的认可，这一点令李东学稍稍松了口气。他内心非常担心自己不能塑造好这样一位民族英雄的角色。

影响许海峰一生的“最后三枪”，更成为压轴全片的一大亮点，也是影片的高潮部分，这在现实中也被称为“许海峰神秘消失的半

王兴东与李东学交流人物创作

小时”。这场戏给李东学留下了深刻的印象：“当时拍摄现场的确没有赛场的气氛，但是我设法让自己紧张起来。你想，当时你身上背负着10亿中国人的梦想，压力能不大吗？但是只会紧张是没用的，许海峰最终还是依靠冷静获得了金牌。所以在塑造角色的时候，我自己也经历了一次由紧到松的情绪体验。当时，我觉得自己就是许海峰，我一定要争一口气，打好最后一枪！”李东学在拍摄时拿的那把枪，正是许海峰征战洛杉矶奥运会的那把枪，这种奥运拼搏的精神，在那一刻通过那把历经奥运大赛的枪，完成了精神的传递。这场戏拍完，片场响起了热烈的掌声，所有的工作人员和演员都在鼓掌，李东学仿佛真的置身于洛杉矶的比赛场地，听见了《义勇军进行曲》。直到导演走到李东学身边，轻轻地拍了拍他的后背，他才回到真实的片场。现场每一个主创人员都沉浸在“英雄夺金”激动人心的那个时刻。

李东学谈起这个过程非常兴奋:“我想传递给大家的，就是一个人要有感恩的心，因为每个人的成功都不完全靠个人。像许海峰那样的体育人，不仅有国家大量的投入，幕后还有许多工作者在为你服务。没有这些，一个体育人是不可能实现自己的目标的。当你成功时，一定要想到国家，想到在背后默默支持与鼓励你的幕后工作者。”许海峰甚至表示，看到李东学的表演，仿佛回到了当年。

除了塑造许海峰的训练和比赛，情感戏也非常细腻。李东学塑造的许海峰与女友马静之间那一段朦胧恋爱尤为令人感动，两人从相敬相伴到因现实而无奈分手的一段坎坷情路，令不少观众唏嘘感叹。特别是两人分手的一段戏，更是引动不少观众泪点。有观众表

许海峰为李东学做射击示范

示，两人在雨中分手时，李东学依依不舍的眼神，让人不由自主悲从中来。而李东学也坦言，这场雨戏是自己整个拍摄中最为难忘的经历，拍了三晚，也被“雨水”浇了三晚。

五、从英雄的足迹出发，一路不断向前

李东学认为艺无止境，没有最好，永远都只有更好。对表演的认识，不能仅仅注重技法，更重要的是对心法的认知。高级的是心法，是气质。那些韩国、好莱坞等电影工业化比较先进的国家地区，最后呈现的电影作品，往往都是演员气质的一种投射。你看到的人

许海峰到拍摄现场指导

物，无论是女主角还是男主角，他们的人物气质都特别有魅力。那种境界的表演不是在设计一个小动作、抖一个小机灵，而是通过镜头，自然地呈现某种状态。这与学识修养密不可分，作为演员，去感受过多少博物馆？读过多少书？欣赏过多少幅绘画？聆听过多少音乐？这些都是艺术养分。好的演员一定是在这样的艺术氛围中熏陶出来的。

李东学希望自己能在中国电影史上留下有养分的作品。而《许海峰的枪》正是在祖国日益强大的背景下，创作的带有鲜明时代特点、时代精神、时代价值的伟大作品。也是从这部影片开始，李东学打开了通向主旋律电影的创作和思考。

六、人生如子弹出膛

李东学坦言，能够参与《许海峰的枪》这部影片的创作，是人生非常幸运的一件事。这不仅仅是塑造了一位民族英雄，更重要的是英雄的精神、品质、信念一直激励着自己，不断向前。许海峰说，自己也没想到能获得中国奥运第一金，当时就是单纯地想要尽自己所能做到最好，有10亿国人站在背后，决不能有任何懈怠。从知青到奥运冠军的路上，许海峰放弃了爱情、亲情和供销社的稳定工作。而他认为，没有人生下来就是英雄，英雄都是在不自知的情况下砥砺前行，逆风成长。

“人生在世，如同子弹出膛，都要奔向自己的目标。没有目标的人生，就是脱靶的子弹。”李东学目光清澈、刚毅、冷静，历经《许海峰的枪》的创作，他相信在未来的演艺道路上，自己的人生必定也会像出膛的子弹，一路追寻英雄的足迹，砥砺前行。

根据李东学口述整理而成

肖燕、沈鹤　整理

2021年5月22日

我们一同成长

电影《许海峰的枪》导演阐述

王放放

电影从某种意义上来说，就是表达的视觉化，所以作为导演，最好的阐述方式一定是视觉的。如今要落到文字上，我感到自己也许只能做到对这部电影的"注解"，同时为电影中没能很好表达的部分再做一下说明。

一、电影人物原型

我非常有幸能够将中国第一枚奥运会金牌获得者许海峰老师的故事搬上银幕。去年4月，我第一次采访了许海峰，并被他传奇的成长经历吸引。

许海峰与枪的渊源要追溯到他的父亲，他的父亲是一位参加过解放战争的老军人。许海峰从小在部队长大，直到父亲退役后全家离开福建回到了安徽老家。回到家乡，许海峰和所有年轻人一样，高中毕业后下乡成为一名普通知青。1979年，自学射击的许海峰获得安徽省全省气步枪射击冠军，最终因为年龄超标没有被录取。但

导演王放放在拍摄现场

是许海峰并没有放弃，他一边在供销社完成化肥销售的工作，一边利用业余时间继续练习射击，最终在1982年以对于运动员来讲的25岁“高龄”进入了省射击队，成为一名专业运动员。而后，我们更难想象，许海峰只接受了不到两年的正规射击训练，就走上了奥运赛场并获得了奥运会冠军，并且是中国奥运历史上的第一枚金牌。

作为年轻人，我能够深深体会到，许海峰当年获得了全省第一而没有被录取的心情，那是对射击执着的感情和与自己命运抗争的决心，让他坚持下来。正是这样的挫折，才造就了许海峰在奥运赛场上毫不手软的最后三枪，造就了中国奥运历史上的第一枚金牌。

与大多数体育冠军的故事不同，阻碍许海峰前进的不是他的成

共聚拍摄现场：(左起）王兴东、李东学、许海峰、谢飞、王浙滨、王放放

许海峰给导演王放放、主演李东学讲述射击原理

绩，而是他的命运，是他通过坚持不懈地奋斗，最终改变了自己的命运。电影紧紧抓住了这一点，力图塑造一个命运曲折的体育运动员。

二、电影主题

谈到体育电影，很多人都会想到好莱坞的体育励志电影，比如讲述拳击的《洛奇》，讲述足球的《一球成名》。这些电影通过主人公奋斗的故事，给人以积极向上的鼓舞，主题非常鲜明——励志，或者说是美国梦——“只要个人坚持不懈地努力，就能一夜成名，拥有未来”。好莱坞电影的主题，在全世界最易于被观众接受，但却未必真实。

首先，我不认同个人努力的结果就是为了荣誉和金钱。当然，现代社会很多舆论都是围绕这些展开的，比如说，体育论坛上热议的都是哪个体育明星年收入多少，或是有哪些绯闻。似乎，这就是体育运动员奋斗的目标。好莱坞的众多体育电影也都是如此结尾，

在赢得最后的胜利时，不仅获得了荣誉，还“抱得美人归”。这种将荣誉世俗化的解释，便于观众接受，但却掩盖了真实的一面。

其次，我也不认为只要努力就一定能获得成功。好莱坞喜欢在电影中讲述一个平凡人最后变成了英雄，给人励志和鼓励。就连一些动画片当中，如《功夫熊猫》，也充斥着类似的台词，只要相信自己，就一定能成功。我认为并不是每个人都能够成为奥运冠军，从科学的角度，大部分人都是平凡的，只有少数人才能获得真正的成就，或是让其他人尊敬的成功。因此，我更愿意去表达一个真实的英雄背后的不完美，或者说，我更愿意去表现一个英雄背后那些常人无法克服的艰辛。

对于一个有志向的人来说，人生的奋斗从来都不是阶段性的，而是一生的，而这种奋斗，也更像是一种自我的修行。

因此，我并不把这部电影看成一部简单的励志电影，我更愿意把它看成一部歌颂成长的诗歌。

三、人物形象塑造

在阐述这部电影的人物形象之前，我想先谈谈性格和人性。我认为中国大部分电影在塑造人物的时候，往往比较关注人物的外在性格。比如说，说话用方言，动作行为有特点，办事方法与众不同。

这种突出外在人物性格的方法，确实是一种表现人物的方式，但是，电影中塑造人物的方式有很多，在《许海峰的枪》这部电影中，我更想关注人物的内心活动，更为关注人性层面的内容。

这样的表演在节奏上，会较性格化表演来得慢一些，而且心理活动的表现要更为细腻。整部影片是围绕着三组人物关系展开的。

第一组人物关系：父亲与儿子

许海峰的父亲许银芝是故事出现的第一个重要的配角人物，在整个故事当中，他承载了一个关于成长的母题——一个失败的父亲和一个成功的儿子的故事。

父亲希望儿子有出息，但是又不想让他走自己的路，这是一种复杂的心理，不能只沿着儿子的角度去写。一个失败的父亲如何看待自己的儿子，他看到了儿子有个性的一面，但是却不想让儿子按照自己的个性发展。他渴望自己的儿子能够成功，但是他又不希望儿子摆脱他这个父亲而成功。在“霸王祠”这场戏中，父亲对许海峰表达了一种复杂的情感，他不希望儿子重走自己的失败路，希望儿子放弃可能成功的机会。

父亲与儿子的关系，也是人类社会的一个隐喻。人类社会的发展就是这样，每一代人都会把上一代人的经验传授给下一代，但是如果下一代全部接受，那么人类社会的发展就会停步不前。如果不接受，一方面有可能更快发展，但另一方面很可能会犯上一代人已经犯过的错误。

对比父亲，许海峰是一个内敛、腼腆的年轻人，他并不像传统

许海峰与弟子陶璐娜（2000年悉尼奥运会首金获得者）参加影片首映式

的体育励志片中的主人公那么外向。他是一个敏感的人，说话、做事情讲究分寸，他从不会轻易顶撞父亲。从父子的关系上看，许海峰是一个非常有韧性的人，我们似乎看不到哪些困难能够击倒他。

第二组人物关系：教练与运动员

师徒故事，也是励志片当中一个比较经典的故事。

常规写教练，往往都流于表面，总是在写一个教练怎么对运动员好、为什么会对运动员好。从人性的角度上看，我相信很多教练培养弟子，也是为了生计和荣誉。老师不可能对每一个学生都一样，也不是每一个老师都真正去爱每一个学生。因此，要想让师徒关系可信，必须要给老师寻找到一个理由。

在采访过程中，我们发现，许海峰当年的教练正好是被“文革”耽误的一代人，因为“文革”，他们大多数都没有实现自己的体育梦想。因此，许海峰那一代运动员肩负着几代体育人的梦想。

我们设计这样一组教练和运动员的关系，教练想要让自己培养的运动员实现自己未完成的愿望。

欧教练似乎就是三十年前的许海峰，不是他的成绩不好，而是他没有赶上好时代，对于一个有志向的人，这是一个悲剧。他希望自己的学生完成自己未完成的事业，所以他会祈求自己的学生，放弃那段干扰他的爱情。

欧教练这个人物形象，是一个表面严厉但却更让人同情的人。

第三组人物关系：许海峰与马静

一个男人的成长，离不开家庭，也离不开爱情。年轻男人通过与一个心理成熟的女人交往而获得成长，是很多青春成长类故事的主题，如《阳光灿烂的日子》《美国往事》《阿甘正传》等都是这样的故事。

我们这部电影里讲述的是一对青梅竹马的成长故事。马静一直鼓励着逆境中的许海峰，但是这段经历反过来其实也在鼓励着马静自己，最后马静为自己做出了孤身闯深圳的选择。

这段爱情故事是在许海峰老师真实经历的基础上虚构出来的。描写这段爱情也是为了给当下年轻观众一把看这部电影的钥匙。年轻观众看电影，大部分是看打斗和爱情，所以爱情的注入会自然地带他们进入这个故事。

那么表达一段什么样的爱情故事呢？我个人觉得，为了凸显励志的艰辛，还有当代女性的独立，写一段为了各自生活目标而最后分手的爱情悲剧会比较契合。这也比较符合当下年轻人的审美。进入独生子女时代后，女性与男性在社会上是平等的，也必须平等。女性也担负起了赡养父母的责任，为此女性变得越来越独立，在人生的选择上也不再趋向于传统观念上的牺牲自我，而会切身考虑自己的需求与发展。所以这部电影在讲述许海峰励志故事的同时，也在讲述一个平凡女人马静的励志故事。

在爱情方面，许海峰是非常腼腆和害羞的，他与马静的爱情，更像是一同成长的友情。在马静面前，许海峰知道一个男人应该做什么。当许海峰第二次没有被省里录取，回到家乡的时候，马静表达了自己愿意与许海峰在一起的真挚感情，但许海峰并没有接受这种爱，他像一个真正的男人一样，告诉马静，自己不会这样屈服。

许海峰的确是一个真正的男人，他不需要别人的同情，他相信自己一定会站起来。

四、电影风格

第一点，关注人物

《许海峰的枪》这部电影，首先是一部以塑造人物为主，戏剧化风格很强，而且带有强烈抒情性的电影。电影中有大量的台词段落和抒情的音乐段落。因此，电影的风格几乎已经确定，镜头必须以表现人物为最高目的。镜头也尽量将导演自己隐藏起来，而不是以强调动作和情节为主，镜头中更多的是关注人物。

所以我选择整部电影几乎都用焦距50毫米的镜头来拍摄完成，这就体现了一个特点，基本上用一个视角从头到尾观察人，而且一定要与演员近距离拍摄，不太允许从很远处用长焦拍摄人物。

为了能够把故事的叙述者藏起来，让观众只去关注故事和人物，而不是导演对于故事的态度，所有的镜头，都是经过分镜头设计，尤其是转场镜头。最后的奥运会段落，更是精心设计了专门展现奥运比赛场面的各组镜头。

我爱每一个角色，我希望用镜头将每个角色的人性美挖掘出来。

第二点，反对说教性的表达

电影艺术作为一种艺术形式是允许多义性表达的，就像一件艺术品的多义性表达一样，有了这种理解，就要求这部电影一定不能像传统电影一样说教。

很多观众反映中国电影有比较多的说教。我认为造成说教的原因首先是创作者希望把自己知道的都告诉观众；其次是创作者太相信艺术本身信息传递的功能。

我反对说教性的电影，尤其是通过演员的一个表情，就让观众知道整个人物性格的那种电影。表演上，我并没有选择性格化的表演方法。

让一部艺术品引发思考的方式有很多种。我个人采取的方法是关注人物性格命运的过程，而不是结果。因此，演员的表演，要尽可能节奏慢一些，并不是直接的对话。一场戏并不是呈现给观众一个简单的情节，而是一种思考。

第三点，浪漫主义的风格

作为一部讲述成长的抒情电影，我希望影片在纪实风格下，带有一定浪漫主义的色彩。在具体操作中，整个影片的色彩达到饱和，表现命运的主题音乐采用小提琴独奏，很多抒情段落采用高速拍摄。尤其是几个闪回的段落，采用了非常诗意的方法去表现情感。许海峰在奥运赛场上，在休息室沉思的段落，也采用了浪漫化的处理手法，同样还有许海峰最后一枪的浪漫化处理。

总之，我希望努力完成一部充满激情和真诚的作品。

五、不算总结

电影《许海峰的枪》是我独立导演的第一部作品，真正的总结还在以后的日子里。

一部电影是一个集体的工作，在这里我要感谢所有参与电影的工作人员，剧组中大家都怀着一种真诚拍摄电影的心情来投入工作。我们有一个非常年轻、团结的创作团队和非常优秀的表演团队，几乎所有的主创和主演都是我的朋友，大家在一起拍戏，就好像是一个大家庭。我认为，这是拍一部好电影的基础。

一个人还是要喜欢自己从事的工作。我记得在采访许海峰老师的时候，每当问到他为什么能成为射击冠军，打得那么好，他总是

首次执导的王放放导演拍摄第一镜

说："因为我喜欢射击。"

另外，许海峰老师不仅仅是一位出色的体育运动员，更是一位让人尊敬和爱戴的导师，他在向我们讲述自己过去经历的同时，也把很多人生的感悟告诉了我们，以及如何在面对困难时临危不惧和从容地调整自己。而我们在拍摄电影时，每每遇到困难，也总会想起他的教诲。

最后我想说，当我们这个年轻团队真诚地去讲述这个发生在二十多年前的一个年轻人的成长故事时，我突然发现，我们这群年轻人也在伴随着这部电影悄悄地成长……

2012年8月

《许海峰的枪》：中国式励志

《大众电影》记者　高桥

2008年北京奥运会开幕式上，许海峰作为运动员代表第一个擎着火炬跑进鸟巢体育场。这位曾经的安徽省和县供销社职员，凭借自己不懈的努力在1984年为中国夺得了第一枚奥运金牌。由青年导演王放放拍摄的电影《许海峰的枪》，讲述的正是这段传奇故事。

时间回溯到1979年，当时还是下乡知青的许海峰，拿着一支业余气枪参加了安徽省第四届运动会并赢得了气步枪组冠军，但由于年龄超过了当时国家招收运动员的规定，省射击队并没有录取他。经历放弃并重拾信心后的许海峰决定改换手枪射击（当时的政策对手枪运动员没有年龄限制），继续为梦想拼搏。

三年后，已经在和县供销社上班的许海峰第二次参加了安徽省运动会的射击比赛并再次赢得冠军，但最终还是因为年龄过大没有拿到省队录取通知。然而更不幸的是，许海峰在工作中，为保护国家财产致伤双眼，险些失明。不料这时，吴全清教练却带来了省队的借调通知。

一番波折进入省队后，许海峰遭遇到了成绩下滑和感情挫折，但在欧教练的悉心教导下，最终取得了全国比赛第二名的好成绩，并获得了代表中国参加1984年洛杉矶奥运会手枪慢射项目的资格。

1984年洛杉矶奥运会上，许海峰的状态一直很好，成绩位列第一，在比赛还剩下最后三枪的时候，突然他的眼疾旧伤复发，不得不下场休息。此时的许海峰坐在休息室中百感交集，他知道他的面前不仅仅是个人的成绩，还有领队、教练的期望，家人和朋友的嘱托，更有国家的荣誉，而这一切都需要最后的三枪来给出答案……

王放放：一部中国的体育励志片

导演王放放出生在吉林长春，由于父母的工作关系，他的童年几乎是在电影厂里度过的。但那时的他还无法把乱哄哄的拍摄现场和银幕上的影片联系在一起，相较于电影，他更喜欢数理化，并考上了北京大学化学系。但是转变恰恰来自北京大学的四年本科生活，在那段时间里，王放放真正开始思考自己的人生，思考社会，并且在大三时辅修了艺术系，并最终以化学和艺术双学位从北大毕业。毕业以后，他放弃化学专业，开始追求电影梦想。

在《许海峰的枪》之前，王放放曾在电影《法官妈妈》《芬妮的微笑》《生死牛玉儒》《辛亥革命》剧组担任过导演助理、执行制片人等职务。最让他获益匪浅的，是曾给著名老一代导演谢晋做过一段时间的助手。无论是《天云山传奇》《芙蓉镇》，还是《女篮五号》，谢晋一直都在讲述大时代下人物的命运，讲述感动一代中国人的中国电影，这对王放放的艺术创作影响非常大。

王放放认为在今天好莱坞电影一统天下的局面下，我们国内的年轻电影人不能把自己关在家里，按照好莱坞电影的故事套路闭门造车搞创作，唯有走出去体验生活，讲述中国人自己的故事，去创作属于我们中国人自己的中国电影。

就《许海峰的枪》而言，王放放认为谈到体育电影，很多人都会想到好莱坞的体育励志电影，比如讲述拳击的《洛奇》，讲述足球

导演王放放在拍摄现场接受采访

的《一球成名》。这些电影通过主人公奋斗的故事，给人以积极向上的鼓舞："只要个人坚持不懈地努力，就能一夜成名，拥有未来。"好莱坞电影的主题，被全世界的观众认同，但却未必真实。事实上，并不是每个人只要努力都能成功，大部分人都是平凡的，只有少数人才能获得真正的成就。因此，王放放更愿意去表达一个真实的英雄背后的不完美，或者说，他更愿意去表现一个英雄背后那些常人无法克服的艰辛。对于一个有志向的人来说，人生的奋斗从来都不是阶段性的，而是一生的，这更像一种自我的修行。

在被问到一部主旋律的电影如何去迎接市场的考验时，王放放认为，主旋律电影并不是没有市场，也并不是主旋律的题材大家都不喜欢去看，主要的问题出在了一些主旋律的电影语言太过说教。人物没有贴近人性，表演的模式化，电影语言机械。电影《许海峰的枪》摄制组平均年龄不到30岁，也正是励志成长的时期，因此整个年轻团队都希望把自己作为年轻人的生活感受融入到电影中去。

李东学：许海峰的成功秘诀

在政协礼堂举行的《许海峰的枪》发布会上，剧组全体成员身着“龙服”霸气出场，新老射击奥运冠军王义夫、陶璐娜、杜丽、易思玲接连亮相，刚刚获得诺贝尔文学奖的莫言为影片题写片名……发布会掀起一拨又一拨高潮，然而收获最多掌声和欢呼的出场嘉宾，无疑是电影的主人公许海峰。

在电影中，扮演许海峰的是因在电视剧《甄嬛传》中饰演果郡王而一举成名的李东学。从潇洒飘逸的果郡王，到沉稳霸气的奥运冠军，这样的转变并不容易。李东学在拍完《甄嬛传》后拒绝了很多剧本，他认为《许海峰的枪》是能够为演技加分的人物传记片。真实生活中的许海峰是严肃和沉稳的，这是一个优秀的射击运动员的必备素质。与王放放不同，李东学认为许海峰有四个成功秘诀：一是认真的态度；二是悟性和方法；三是坚持；四是自控，拒绝来自亲情、爱情、友情的一切诱惑。人如果能同时具备这四点，没有干不成的事。李东学说，许海峰有拼劲儿，对自己下手狠，这是现在许多年轻人都不具备的品质。

为了在外形上更接近许海峰，李东学每天零食不离口，吃到腮帮子见肉，身上足足胖了二十斤。射击运动员端枪、据枪，从腰上发力，李东学几乎天天都在做专门的力量训练。

在影片的尾声，许海峰还需打出一发10环才能获得最后的胜利，因为他与对手差距极小。为了平复内心的紧张情绪，他主动申请去休息室调整三十分钟。半个小时后，重新回到赛场的许海峰获得了奥运金牌。拍摄这场戏时，李东学只能凭空想象当年奥运赛场的紧张气氛。李东学想，如果一个人身上背负着10亿中国人的梦想，压力一定很大，但这时候紧张是没用的，许海峰最终还是依靠冷静获

许海峰为导演王放放、主演李东学做射击示范

得金牌。所以在塑造角色的时候，李东学经历了一次由紧到松的情绪体验："当时，我觉得自己就是许海峰，我一定要争一口气，打好、打响这最后的一枪。"

马境：不做默默奉献的守望者

在《许海峰的枪》中，扮演许海峰初恋女友马静的女演员叫马境，音同字不同。马静这个角色是以真实人物为原型改编的，在许海峰正式成为射击运动员之前，确实有一段没有结果的爱情。

影片编剧在真实故事基础上，进行了一定程度的艺术加工，创造出了一个与许海峰同为供销社售货员，一直鼓励许海峰坚持射击的角色。然而作为年轻人，马静同样也有自己的梦想，她不甘于像同事那样过几十年如一日的生活，梦想着自己也能到外面的世界去闯闯。在无法说服许海峰和她一起去深圳打工后，马静选择了与许海峰分手，一个人离开家乡，去深圳的服装厂打工。几年后，当洛杉矶奥运会上，许海峰拿起手枪时，她默默地守在收音机旁为曾经的爱人祝福祈祷……

演员马境不光名字跟剧中人物很像，二人的经历也十分相似。十年前，马境为了追求自己的理想，决绝地辞掉四川老家的工作，一个人身无分文来到北京，报考电影学院。令她没有想到的是，在电影学院的考试现场，她就幸运地被康洪雷的剧组挑中，与徐帆、傅彪一起出演了电视剧《青衣》。马境正是用《青衣》的片酬读完电影学院的，现在已经主演了《金婚风雨情》《延安爱情》《我的兄弟叫顺溜》等多部电视剧。在影片中，那场许海峰和马静告别的戏拍得很辛苦，洒水车浇水、灌水，整整折腾了三遍，拍完时已接近天亮。马境笑称自己创造了电影史上“最长撑伞纪录”。

马境说，马静虽然是许海峰的女朋友，但她有着自己的判断和价值观，谁都有追求自己梦想的权利。所以电影《许海峰的枪》讲的不只是许海峰一个人的传奇，也是80年代一代年轻人的励志故事，也许也是你我的故事。

许海峰亲临现场指导

艺术顾问谢飞谈电影《许海峰的枪》

——中国电影的现实主义回归

马丁　采访整理

“我已经是70岁的人了，是不是亲自执导电影已经不再是最重要的了。”已近古稀之年的导演谢飞以这样一句话概括了自己现今的状态。这位中国“第四代”导演的领军人物，柏林电影节最佳影片金熊奖获得者,《本命年》《香魂女》《黑骏马》等影史经典之作的缔造者，的确已经整整十二年没有执导新电影了——2010年开始运作的影片《红煤》仍停留在剧本修改阶段，开拍之日至今尚未敲定。但谢飞并没有闲着，从去年到今年，他已经连续担任了三部电影的艺术顾问，这其中包括根据方方小说改编的都市题材影片《万箭穿心》，根据胡学文小说改编的农村题材电影《向阳坡上》，以及这一部展现中国第一位奥运金牌获得者许海峰经历的体育励志传记电影《许海峰的枪》。这三部题材完全不同的影片都有一个共同点：现实主义风格。有关这部影片及谢飞老师不断强调的现实主义创作原则，作为电影《许海峰的枪》执行制片人，我在影片制作完成之际，专程到电影学院看望了谢飞老师，并对他进行了专访。

您为何会担任这部影片的艺术顾问？

谢飞：最主要的原因是看了这个剧本。编剧王兴东和总制片人王浙滨，认识他们几十年了，我认为他们对于主旋律——所谓我们讲的主旋律，实际上就是我们社会中间比较优秀的先进的人物和事迹——抱有很大的热情，像早年的《离开雷锋的日子》《孔繁森》《一个人的奥林匹克》和现在的《许海峰的枪》。编剧王兴东和导演王放放下了很大的功夫，对许海峰的事迹进行深入且相当长期的调研，最后用现实主义的方法写出了一个很扎实的剧本。他们剧本写得不错，第一稿剧本我就觉得很好，所以为这个题材我愿意来支持他们。

作为《许海峰的枪》创作团队的一员，我们很荣幸能够请到您作为艺术顾问，应该说我们是一个很年轻的创作班底了，平均年龄不到30岁，这样一个年轻的创作团队，给您什么样的感觉？

谢飞：改革开放发展到今天就是市场经济，人们的商品属性越来越强，票房成为最主要的衡量标准，浮躁是当代年轻人的一个特点。在这种情况下，年轻团队抓了这个题材，我觉得很难得，而且这么年轻的导演和工作人员，大家非常热情认真地干这件事，我很赞赏。

剧本开始的几稿您都看了，也看了最后的成片，请您简单谈一谈从剧本到成片的感受。

谢飞：这个电影把中国第一枚奥运金牌获得者许海峰的个人事迹，比较真实、丰富地记录下来了。像我第一次看剧本，知道了许海峰原来是个知青，后来还在一个县里供销社当化肥销售员，他打枪几乎是自学成才，这些事实过去真是不知道。后来在影片筹备期间我访问过许海峰，参观过他们的射击场，又知道了一些射击知识，特别是竞技体育的射击跟普通的射击太不一样了。这方面我觉得非常有意思，你看了这个电影，会长很多知识。

如果光是说这些事实，就是一个文献片，或者一个体育的教学资料。故事片还是要通过塑造人物形象、通过情节的铺排，展现一种思想和情感来感染观众，所以电影既是真实又是创作。我觉得从剧本到成片，还是基本达到了这个目的：通过许海峰这样一个形象，告诉了青年人活着要有目标，要坚持，才能做成一件事儿。比如影片里提到“人生如子弹出膛”，子弹出了膛就一定无法再回头了，人一旦选择了人生目标，就要努力坚持。《许海峰的枪》这个片子反映了许海峰的这种精神，当然，要体现这个东西，作者也用了一些艺术虚构，我觉得整个看下来还是一部不错的主旋律艺术电影。

我们知道，您当时不只在剧本阶段、筹备阶段给予了很多指导意见，还亲临拍摄现场指导，请您讲讲拍摄期间的情况。

谢飞：拍电影是以剧本为基础，再由导演把各行各业的创作人员结合到一起，一个镜头一个镜头地拍，是操作性、实干性很强的工作，所以导演就起着非常大的作用。我当顾问不可能像我当导演那样从头到尾都去，实际就在拍摄初期去了几天。

虽然当地政府很支持，但是拍电影还是很困难的，最大的困难就在于现在的一切都变化得太厉害了！在取景的时候你会发现没有一个街道可以简单地直接入镜——要知道，那时候街上没有广告牌，人们能穿上“的确良”衣服就已经很了不起了。今天的城乡都改得“面目全非”，要恢复80年代初期，“文革”刚结束的面貌是非常困难的，包括群众演员的服装和状态都非常难，但是他们（剧组工作人员）还是做了很大的努力，剧组为了还原当时的情境费了很大工夫，也花费了不少资金。这个戏里头比较难拍的一段就是洛杉矶

艺术顾问谢飞与许海峰、许还山、王浙滨在拍摄现场

奥运会现场，我们没有经费到洛杉矶去，而且当时洛杉矶的奥运会射击赛场也是一个临时建筑，现在已经没有了。后来剧组找到南京方山的一个射击场，把它改造，然后全南京去找外国的留学生、外国人的群众演员，我现在觉得那个场面拍得还可以，挺像样儿的。整体看有一些场面拍得比较青涩，但是任何一个导演必须要有这个过程，他这个团队也是要再磨炼的。我经常讲，30岁，第一次独立当导演，要年年干，年年做，十年左右才能成熟，很多经验不是靠书本教出来的。

整体上看这个青年导演王放放做得不错，尤其比较好的是演员选择上。导演首先要会运用剧本手段，其次就是运用表演手段，演员在故事片里是非常重要的。这其中有几个演员相当出色，男主角叫李东学，他长得就像，那个神采啊，稳重啊，我觉得不错，这个男演员表演立住了。演欧阳迪教练的陈逸恒也很好，这个演员非常含蓄自然，还有父亲张志忠和母亲娜仁花，这些演员都选得不错。那么大多数的演员选得好，这是导演的功劳。

把握时代特征也是这个片子的难点，尤其是年轻团队，你们有些是“85后”，许海峰夺冠时还没出生，所以对当时那个时代氛围并不是很了解，比如我记得剧中有一段女主角突然对男主角说“我爱你”，对于这个词，现在青年人很正常了，但那个年代能说出这句话，是很不容易的，那个时候谈恋爱完全是另一种状态。所以像这种，导演王放放来把握很难，但既然是表现那个时代，就应该把氛围很准确真实地表现出来，这样才能让一代代观众看到过去的历史是怎么过来的，人生、社会是怎么变化的，等等。现在自己一回想，真是变得太厉害了，比如通信，快得要命。我记得1991年的时候，我们到西藏去拍戏，每天跑到招待所柜台等着打长途。这次《许海峰的枪》做得还不错，经过后期加工，时代感有，最重要的是没有犯什么大错误。

《许海峰的枪》是导演王放放的故事片处女作，谈谈您对他的整体评价。

谢飞：其实我和放放接触也就是靠这次拍摄，了解还不全面，给我的印象就是他有主见且特别稳重，有能力坚持自己的追求，我是看好他这一点。因为我们都是他的长辈了，他很少争论，但是他自己的想法，他一定会坚持，这就是有主见，有自己的一些价值观或者艺术观点，而且，虽然他在追求，如果没追求到，还会再想办法，绝不会轻易地更改。如果未来他能坚持找到自己的一些观点和原则，然后想方设法去完善自己的能力和知识，去追求，他就能做好导演工作。至于他到底适合做什么样的东西,《许海峰的枪》只是一个特定的主旋律影片，他能不能做商业片，能不能做其他文艺片，还需要去挖掘。

谈谈您眼中现在的中国电影市场，这样一部您定义为主旋律艺术电影的影片如何在这个市场上寻求突破?

谢飞：我们现在的电影市场比较狭窄，主流就是娱乐电影，再加上票价又比较高，所以想让励志的主旋律电影在市场里走得很顺畅，的确不太容易。一个健全的电影市场应该是多样化的，像美国的商业影院市场只占整个电影市场的30%左右，而我们国家的电影市场只能算是“半市场”，90%的票房收入都要在影院放映影片那几天获得，影片一旦放映结束，再想创造经济价值就比较困难了——电视和网络的播出带来的收益毕竟还是有限的。这种状况要慢慢改变。说回到《许海峰的枪》，我认为这样一部电影并不一定非要在主流商业市场中收获很高的票房才意味着成功。影片以后可以经常放映给中小学生看，让孩子们通过生动的故事对许海峰年轻时的生活经历有所了解。我想尽管这种长期的公益放映不是以市场回报和资金回收为目的的，但同样很有意义。一定要把眼光放全一点，姜文曾经说过卖座的不一定是好电影，不卖座的不一定是坏电影。

也就是说您还是鼓励像王放放这样的一批青年的艺术创作者去坚持这个路线?

谢飞：对，我曾经提过，我认为现在的电影“娱乐宣传主义”猖獗，像《建国大业》《建党伟业》也要抓些娱乐因素，几百个明星演之类的，这就叫“娱乐宣传主义”。我认为中国电影还是应该提倡现实主义，因为中国电影，如果说是从30年代到今天中国国产电影优秀的传统，那就是现实主义，又是真实，又是艺术。像王放放这样写真实的人和事，同时用比较艺术的现实的方法来创作，我觉得应该鼓励。这些东西表面上有人说票房不好，但是实际上它的存在是很有价值的，至于票房不好的原因我认为不是这个片子，而是整个电影放映业的框架还没有建立起来，没有形成。

说到现实主义题材，您的《红煤》为什么迟迟没有开拍?

谢飞：一方面是因为市场，另一方面是因为剧本一直在修改，还没有改到特别理想的状态。《红煤》的原著小说讲述的是新时代的“红与黑”的故事，表现了在新的经济形势下人的道德的蜕变，我觉得还是很有价值的。等这几部担任艺术顾问的影片完成以后，我会接着做《红煤》。但毕竟我已经是70岁的人了，是不是亲自执导电影已经不再是最重要的了。

您认为我国的现实主义题材电影究竟什么时候才能摆脱困境?

谢飞：最近许鞍华的《桃姐》获得了不错的票房，这是值得我们深思的。近几年国内的电影市场很大一部分都是由香港的创作人员把持的，而他们的创作又带有明显的通俗甚至低俗的娱乐化倾向，一些反映现实、有人文价值的影片在市场上反而很难存活下去，这

编剧王兴东、艺术顾问谢飞、制片人王浙滨

的确很不健康。然而几年下来，观众看烦了，很多低质量的商业电影也就不能再获得高票房了。《桃姐》这样一部现实主义文艺片能卖座，正说明了观众还是需要引导的。我刚刚去香港参加了亚洲电影大奖，许鞍华之所以被授予终身成就奖，就是因为她在香港那么娱乐的创作氛围中、在绝大多数香港导演都杀向大陆来赚娱乐电影的钱的时候，依旧在坚持创作自己的小成本现实主义电影。中国电影最优秀的传统就是现实主义，我们的电影不应该只是一种纯粹娱乐的产品。《桃姐》给我们的启示就是，现实主义题材影片依旧应当是中国电影的中坚力量，我们一定要提倡现实主义创作观念的回归。

但现实却是很多现实主义题材电影生存得举步维艰。

谢飞：在市场条件下，现实主义电影存在的前提就是要回本，只有回了本才能进行再生产，如果现实主义电影老是赔钱，甚至赔得一塌糊涂，那么不管多好的题材也不会有人去碰了。当然，《桃姐》的高票房除了得益于影片本身的高质量之外，也与它高明的宣传技巧有关，其他同类影片不能简单地直接模仿。但我认为一部现实主义电影成功与否，不能完全以票房的高低来衡量。经济收益和艺术价值永远都不能画等号。在《桃姐》之前，许鞍华的《天水围的日与夜》《天水围的夜与雾》等影片也都是十分优秀的现实主义电影，只是没有获得《桃姐》这么好的票房，但《桃姐》不是因为赚了钱才是好电影，《天水围的日与夜》也不会因为没赚钱而不是好电影。

我们知道您的作品比如《本命年》《香魂女》《黑骏马》等都获得过很多个奖项，那您对《许海峰的枪》这部电影冲击奖项有些什么看法？

谢飞：它的题材和表现都不错，比较认真和严谨，我觉得在国内获个奖还是有希望的，但是国际上就可能差一点了。原因是我们国家把得第一和为国争光联系得很紧密，这个事在国外就不同，人家觉得你努力了，就可以了。所以这样一个爱国主题，想在国外获奖就难一些，国际电影节比较强调真实和一些人性的真善美、假恶丑的这种存在状态，他们可以认可。我们这个戏还是停留在一个为国争光的主题层次，还是属于中国现实国情的一个主题，还没有进入更深的主题，所以想在国外获奖比较难。

有人说电影是遗憾的艺术，那么您在这个片子中是否有遗憾？

谢飞：遗憾还是有的，主旋律限制了它的价值。这个题材，定位和选材就带给这个作品局限性。所以有些问题不是王放放的，从导演的角度，第一部拍成这样已经很不错了，但如果手段再丰富一些，还可以拍得更漂亮，在导演的视听技巧运用上他还需要提高，从非常专业的角度去看拍得还比较稚嫩。

（左起）谢飞、许海峰、王兴东在拍摄现场

最后，影片即将上映了，给我们观众朋友们说两句话吧。

谢飞：这个片子由编剧最早有这个创意，一直到今年拍摄完成，又赶上2012年伦敦奥运会中国军团凯旋，体育项目从来都是全民关心的一件事，那么我们把许海峰的这个事迹搬上银幕很多观众会有兴趣，希望有兴趣的观众可以去看这部片子，也希望年轻的电影工作者能够经过这次实践，去收获更多的经验，以后拍出更好的片子。

附件1：艺术顾问谢飞对剧本的意见

对剧本《许海峰的枪》的意见

一、这一稿比上一稿有进步的地方，主要是许海峰与女主角马静关系的描写突出和改进了。特别是放在改革开放初期，在人们对旧有观念怀疑并做出自己新的选择上，描写两人的分道扬镳，有内涵也真实。比以前恋爱影响比赛好很多。

二、可能是照顾真人真事，本稿中人与事还是偏多、偏散。

三、不知为什么剧本不按电影剧本的规矩写，加了不少文学叙述与描写。这些会影响对剧本情节与人物动作及语言表现力的客观准确判断。

四、建议剧本情节结构集中一些，比如从1975年知青招兵写起，从“文革”结束，考学，到比赛，进省队、国家队，1984年去比赛夺冠止。突出这一转折时期时代的变化，以及几个青年人选择各自人生路的故事。“文革”结束、恢复高考、三中全会、深圳下海等均具有时代特点。

五、人物太多，分散，须集中。建议去掉参军的那个青年易邦发，集中写一块插队的许海峰与女友马静及鲍山三人。童年故事可穿插在故事进程中回叙，三人童年少年在一起，有些三角恋也可以。鲍伤了许眼睛，三人关系复杂化；但鲍可先下海，马劝不动许，跟了去；鲍不走正路，或入狱；马与其决裂，但已无法恢复与许的关系。许一直坚持自己的事业追求，最后成功。总之，以三人在新时期初的七年中的不同人生命运完成主题。

六、两个教练太多，应集中写好欧阳迪一人；吴教练与欧阳迪的历史恩怨游离主角。父亲重要，但显得太突出其退伍的消极观点了，没起到陪衬或刻画主角的作用。总之，这两个老一代人物也必须为塑造好许海峰立志成才、自信刻苦的形象而存在。现在写许自身的信念、精神力量太少，尽是马静鼓励他，相信他。应该是他自身特别的童年、少年经历的培养和自信刻苦的气质与努力才最终达到成功。马静应是动摇了，在他与鲍山中做了错误选择。

七、真人真事中，又可以做多少艺术虚构，需要我们研究。在尊重主要事实前提下，重要的是应符合艺术规律，塑造好人物，体现主题，而不是简单再现所谓真实。

几点想法，供参考，回去后可面谈。

谢飞

2011年12月16日　印度班加罗尔

附件2：艺术顾问谢飞对导演台本的修改意见
（黑体部分为谢飞修改）

电影《许海峰的枪》导演台本
使用几组资料画面组合的设计方案

4 安徽，和县，池塘的岸堤上，清晨

…………

许海峰的手指扣动扳机……

出现片名：《许海峰的枪》

4A 资料画面组合1

△纪录片欢庆“四人帮”倒台的群众场面和歌声。

△党的十一届三中全会上邓小平讲话、群众阅读决议等画面。

△安徽省第四届全运会举行的新闻图片，各项比赛照片。

△射击比赛中……

画外音：（许海峰声音）“和我的许多同龄人一样，上个世纪70年代中国的改革开放，彻底地改变了我们的命运。1979年，我报名参加安徽省第四届全运会的射击比赛时，还是一个下乡的知识青年。”

5安徽，合肥市射击场

…………

15 和县，太基大队，厨房

…………

徐义英哭着搂住儿子。

15A 资料画面组合2

△ 1979年，中华人民共和国第四届运动会举行的比赛画面，五项破世界纪录的画面。

△ 王义夫的射击以573环的成绩破全国纪录获冠军画面。

△ 1979年10月25日，国际奥委会执委会在日本名古屋举行会议，做出了恢复中华人民共和国在国际奥委会中的合法权利的决议。

△ 1980年，莫斯科奥运会各种比赛画面。

画外音：（许海峰声音）**“与世界隔绝了多年的中国运动员们开始冲击世界体坛。射击，当然是我最关心的项目。由于政治原因，中国和一些国家抵制了1980年在莫斯科举行的奥运会。谁会想到，历史却因此把冲奥的机会留给了我，一个刚刚返城工作的供销社售货员。”**

16 安徽，和县，供销社

…………

34 长江岸边

…………

钟声飘漫在茫茫江面上，船只在雾气中穿行，白鹭翔集。

34A 资料画面组合3

△ 1981年11月7日，中国女子排球队参加在日本举行的第3届世界杯女子排球赛，获得冠军，举国欢腾的画面；1982年，中国女排参加在秘鲁举行的第9届世界排球锦标赛夺冠画面。

△ 1982年10月22日，中国体操运动员李宁在南斯拉夫举行的第6届世界杯体操赛中，独得6枚金牌的画面。

△ 1982年11月19日至12月4日，中国体育代表团一行144人参加在印度新德里举行的第9届亚洲运动会，王义夫获手枪慢射比赛第四名。

△ 1982年，第43届世界射击锦标赛，王义夫获自选手枪慢射第六名；外国选手夺冠画面。

画外音：（许海峰声音）**“中国女排的胜利，鼓舞了整个社会的各行各业，也激励着我这个刚刚调入省专业射击队的新手。”**

35 安徽，合肥，省射击队

…………

56~65 场

在原剧本许海峰各次射击成绩的音乐画面组合中，可考虑加入以下画面与信息：

△ 1983年9月16日，国际奥委会授予荣高棠银质“奥林匹克勋章”，这是中国人首次获得“奥林匹克勋章”。

△ 1983年10月23日，在第22届世界体操锦标赛中，中国体操队首次获得男子团体冠军。

△ 1983年，中华人民共和国第五届运动会在上海举行的实况画面。

（这些画面或图片、文字，可同我们演员扮演的许海峰各次比赛的画面叠印组合起来。）

66~67场

为第四组资料画面组合，中国运动队出发、抵达奥运赛场；全国人民、报刊关心的新闻画面与信息等。

说明：

1. 以上四次资料画面组合与结尾真实的许海峰获奖、萨马兰奇颁奖、升国旗等纪录片资料的组合，构成了一个呼应、连续的纪实风格之结构。

2. 增加这些纪录片与图片资料信息，可使我们主人公的个人故事融入时代与群体。许海峰的成就是改革开放新时期的成就；许海峰个人的金牌，是中国体育健儿整体的金牌。增加影片的社会与时代厚度。

3. 加了这五段资料组合，可以减轻我们拍摄场面的叙事任务，大场面也可少拍一些。

4. 是否用旁白，还可研究；旁白如何写得自然，有个性，还要请编剧动脑。

2012年7月

一个民族的梦想　一个英雄的传奇

《许海峰的枪》制片人　王浙滨

缘起洛杉矶

从北京到洛杉矶的距离是四万一千公里，即使横跨太平洋最强劲的暖流，也无法连接这两座城市。然而，提及中国奥运之根，却不能离开洛杉矶这座城市。

1932年洛杉矶第10届奥林匹克运动会，刘长春独自漂洋过海，代表中国第一次走入奥林匹克。1984年洛杉矶第23届奥林匹克运动会，新中国奥运代表团带领一支378人的庞大队伍再次走进奥林匹克，射击运动员许海峰为中国获得第一枚奥运金牌，让五星红旗第一次飘扬在奥林匹克的上空。2008年，中国实现了奥运第三大梦想——第一次主办奥运会。新年伊始，我们带着刚刚完成的影片《一个人的奥林匹克》跨越太平洋来到洛杉矶，追寻中国奥运之根，在洛杉矶好莱坞环球影城举办"缘——北京·洛杉矶奥运寻梦之旅"文化活动。

那是一个至今想起来都让中国电影人扬眉吐气的场面，洛杉矶市市长、加州奥组委主席、好莱坞电影界名流、华人华侨代表、美国数十家媒体近千人亲临活动现场。据说，在美国举行如此隆重的中国电影海外推介活动，还是第一次。

奥运冠军许海峰应邀参加此次活动。他身材魁梧，表情严肃，沉默寡言，第一次谋面，让人觉得难以接近。

电影《一个人的奥林匹克》海外推介活动在好莱坞环球影城拉开帷幕。首先放映了电影《一个人的奥林匹克》片花，接着刘长春之子刘鸿亮院士满怀深情地讲述了父亲1932年参加奥运会的历史。随后，许海峰稳健地走上演讲台，他幽默而自信，开口说的第一句话："很高兴来到洛杉矶，因为洛杉矶是我的福地。"在热烈的掌声中，他娓娓讲述了获得第一枚奥运金牌的经历，他说之所以能获得金牌，是因为没有压力，心无杂念，只想如何发挥出自己的最高水

王浙滨与许海峰在美国洛杉矶（2008年1月）

王兴东、王浙滨与许海峰漫步在美国洛杉矶街头

平，能获得中国第一枚奥运金牌，他是幸运者。为了这枚金牌，中国人等了整整五十二年。2008年，他将在北京参加奥运会，中国从参加奥运会到获得第一枚金牌再到举办奥运会，实现了奥运三大梦想，他希望美国运动员能在北京奥运会上取得好的成绩。他的讲话没有激情澎湃，只有淡定从容；没有豪言壮语，只有朴实无华。观众特别是海外华人报以经久不息的掌声。

许海峰演讲的个人魅力给我留下了深刻印象。接下来的一周，我们与许海峰朝夕相处，听他讲述自己的传奇经历。他是安徽和县人，从小喜欢打弹弓，打得弹无虚发，从知青到供销社，枪不离手。他对射击发痴入迷，进了省射击队不到两年，就到国家队备战奥运会，第一次参加奥运会就获得了金牌，这不能不说是一个

王兴东、王浙滨、王放放全家与许海峰在安徽和县电影首映礼

传奇。我和编剧王兴东暗下决心，一定要拍一部表现许海峰获得中国第一枚奥运金牌的影片，也算是《一个人的奥林匹克》的“姊妹篇”。

2008年的新年钟声，我是在洛杉矶海岸听到的，我们和许海峰遥望着星光下深蓝色的海面，遥望着东方，心中充满欣慰。

走近许海峰

从洛杉矶回到北京，接下来的三年时间里，电影《建国大业》《辛亥革命》、话剧《北平1949》三部沉甸甸的大作压得我们心力交瘁。直到2011年初，完成了电影《辛亥革命》的拍摄，我们想到一年之后中国将出征伦敦奥运会，这将是许海峰第八次出征奥运会，他的传奇故事一直在我们心底沉淀，此刻抑制不住地泛滥起来，涌动起创作的波澜。我们决心创作拍摄电影《许海峰的枪》，写一个青年的成长，一个英雄的传奇，一个民族的梦想。

面对面采访许海峰近六个小时，让我最惊诧的是他非凡的记忆力。他能精确记住命运中重要事件发生的时间、地点、人物，他能精确记住参加每一次全国及世界比赛的射击成绩。他坦率地谈他的个人历程，失意与奋争，恋爱与选择。如同相识已久的老朋友，没有任何顾虑，将人生的思考，点点滴滴毫无保留地贡献给了我们。采访结束的时候我问，明天我们将去你的家乡安徽和县采访，有什么嘱托？他轻轻说了四个字：信任你们。但我觉得这四个字对于我以及年轻的创作团队，字字千斤。

踏上许海峰家乡的土地，我们就开始思索，为什么这块土地上会走出中国第一位奥运冠军？和县这座江北淮南古城，有建于南宋被称作“江天一柱”的“镇淮楼”，有见证项羽当年拔剑自刎乌江的“霸王祠”，有刘禹锡任和州刺史写下的千年传诵的《陋室铭》，还有被朱元璋夸为“天下第一香”的“油炸麻雀”的民间传说。也许正是家乡的历史文化，在一个年轻人的成长中留下了磨不掉的烙印。

采访许海峰的母亲、教练、弟妹、同学、朋友，循着许海峰走过的路走了一遍，没有比这样深入采访更让编剧、导演、制片人踏实的了。

经过无数次的创作、推翻，再创作、再推翻，我们终于找到了这部影片的故事线索。

这是一部写成长的电影。

70年代末，“文革”结束，中国刚刚开始改革开放。为了能够早日在体育舞台上赶超世界先进水平，国家体委规定，以培养60年代后出生的年轻运动员为主。1957年出生的许海峰应该说是“生不逢时”，在体育战线上几乎是被淘汰的一代。就是在这样的背景下，他一次一次与命运抗争。影片表现了他的孤独、失望、放弃，但最终，他没有放弃，不能放弃，无法放弃，他太爱射击了，让他放弃射击如同放弃他的生命。

有人说许海峰是射击天才，我在采访中也感受到他是为射击而生。影片中他和所有的年轻人一样，没有那么完美，从知青到供销社，从省队到奥运赛场，他始终在成长。

这是一部写励志的电影。

影片中许海峰有一段台词：“人生在世，如同子弹出膛，都要奔向自己的目标。没有目标的人生，就是脱靶的子弹。我这一辈子，就是不干射击，也要有所作为。”应该说，许海峰的励志，代表着一个时代。50年代出生的那一代人，大都经历了生活的磨难，大浪淘沙，有的随波逐流，有的始终与命运抗争。

我的桌前至今还放着一个绿色塑料皮的笔记本，那是许海峰到国家射击队的日记。他记录了每天训练的成绩，画下了一张张靶纸，他仔细分析自己的失误，一个10环是在怎样的状态下产生的，一个远弹又是在怎样的情境下出现的。仔细翻看这本日记，我才真正体会到，哪里有什么天才，天才就是一分天分加九分汗水。

这是一部写荣誉的电影。

从个人命运到国家命运，从个人英雄主义到国家荣誉，影片没有拔高许海峰，而是让他一个台阶一个台阶地走上去。他开始练射击是想改变自己的命运，他借调到省射击队，是在赌自己的人生。幸运的是他遇到了一个有远见的教练，不仅仅是把他培养成为一个全省冠军，而是让他有朝一日，能站在世界的舞台上，为国家争光。

这位教练对射击运动有独特的理解：射击不仅仅是一项身体的运动，更是一项精神的运动，它在挑战人类控制自我的极限，只有内心平静，心无杂念，才能驾驭这项运动。影片中的许海峰在去奥运赛场之前，经历了一次精神上的洗礼，让他有足够的准备，去和世界上最强大的对手较量，去和赛场上的自己顽强地较量。

年轻的团队

组建一个年轻的创作团队，以他们的个人成长经历与许海峰共鸣，创作中他们才会有感而发，一触即发。同时我意识到，创作完成这样一部主流电影，必须具有现代艺术手法、现代电影语言，否则无一席之地。我希望这是一部青年人拍给青年人看的电影，同时也是拍给50年代出生的人回首青春的电影。对于青年人来说，未来是未知的，许海峰在供销社卖化肥时绝不会想到自己有一天会成为世界冠军，只有奋斗，只有向前，哪怕注定是一段弯路，哪怕被困难打倒，被挫折击败，也不放弃。如果放弃了，等于放弃了自己的一生。许海峰在影片中的这些台词，是从年轻的创作者心里流淌出来的。

面对这个年轻的团队，我常常感到欣慰。他们也许没有人到中年的成熟稳健、务实本分。但他们有太多的梦想，不可知的未来，充满勇气和梦想的青春韶华。影片拍摄的过程，也是这个年轻的团队寻找自我目标的过程，因为他们从许海峰的人生道路中懂得，认准目标，如同子弹出膛。

在影片《许海峰的枪》开机仪式上，我们播放了一部短片，记录了这个年轻团队走近许海峰的历程，题目就是“我们一同成长”。

我看到年轻导演王放放带着他的年轻团队在许海峰家乡的土地上寻觅徜徉，他们青春的脸上时常出现困惑，对这块土地，他们实在太陌生了。从陌生到熟悉，从熟悉到亲切，从亲切到融入，这样深入的采风让创作变得扎实起来，也让他们渐渐有了自信。在国家射击队、安徽体育训练基地、江苏方山体育训练基地，他们第一次

开机第一天，许海峰到现场，与导演王放放、主演李东学交流

有了摸枪的机会，对射击这项体育运动也渐渐有了独特的体会。从辨认靶纸到瞄准射击，从装子弹到打中10环，我欣喜地看到了这个年轻的团队对创作这部影片的挚爱和求索。

我庆幸，我们在众多演员中最终确定李东学饰演许海峰。李东学有几分神似许海峰，尤其是射击运动员特有的那双眼睛。李东学的性格内向不张扬，表演起来容易走心。他还有一个优势，酷爱体育运动，有的项目几乎可达到专业运动员水平。难怪在国家射击队体验生活，许海峰、王义夫都夸他有灵气，他的枪法当然比不过两位世界冠军，但射击的一举一动，一招一式，堪称专业。为了饰演许海峰，李东学吃了不少的苦，但我感觉他没有一丝为难，他越演越崇拜许海峰，越演越爱上了射击，我永远看到他与年轻导演一同探索着，体味着，享受着，我知道，他内心里为饰演奥运冠军许海峰而感到骄傲。

我还庆幸，请到著名导演谢飞担任影片艺术顾问，他是我就读于电影学院时讲授导演课的老师，他热爱他的职业，他更喜欢与他的学生们在一起工作，所以他永远那么年轻，那么时尚。可以说，他是中国在国际电影节上最活跃的导演之一，经常看到他如同一个行者，不知疲倦地奔走在世界各大电影节之中。他善于思索，敏于捕捉，惯于倾听，无论是讨论剧本，亲临现场，观看样片，风格把握，他都有巨大的贡献。

再现普拉多

拍摄电影《一个人的奥林匹克》时，我们曾在洛杉矶大学资料馆里，寻找到了一段十分珍贵的胶片，虽然很短，不到一分钟，但真实记录了1932年刘长春站在第10届洛杉矶奥运会的跑道上。七十六年后我们再现那段历史，付出了太多的代价。原以为再现1984年的洛杉矶普拉多射击场，没有那么复杂，我们有很多资料片可以参考，我们有很多现代技术手段可以复制。但我们错了，再造普拉多射击场，对于我们的预算资金，对于我们这个年轻的团队，有太大的难度，几乎让我们崩溃。最后，我还是痛下决心，也可以说是别无选择，在江苏方山射击中心实景搭建普拉多射击场。这算是影片拍摄中最高成本的场景，因为是全剧的高潮，也是影片中最大的看点。当来自美国、英国、法国、德国、意大利等十几个国家的演员饰演的运动员走进我们搭建的"普拉多射击场"，他们很快进入了拍摄情境，就像再一次亲历了那场戏剧性的比赛，紧张，激情，意外，欢腾。我真切感觉到，来自各个国家的运动员就像一个奥林匹克大家庭，平等、信任、友爱，克服了重重困难，终于在预定计划内完成了影片的拍摄。在我们搭建的"普拉多射击场"上，剧组全体人员围着奥运领奖台拍摄了一张"全家福"，无论男女老少，无论什么肤色，每一张脸上都洋溢着灿烂的笑容。

这部影片具有一定的揭秘性。国际奥林匹克委员会首次特别授权我们在影片中使用1984年洛杉矶奥运会的资料画面，很多珍贵的历史画面第一次出现在电影中。我相信揭秘中国奥运史“零的突破”的这部影片，一定不会是过眼云烟，将填补中国体育电影史上的一段空白。

这部影片是献给中国观众的，因为13亿中国人敬仰这位中国奥运冠军第一人，尽管至伦敦奥运会止中国已经诞生了201位奥运冠军。我相信每一位奥运冠军背后都有一个动人的故事，都足以完成一部不同寻常的电影。

当然，这部影片也是献给世界观众的，因为奥林匹克精神属于全人类！

影片即将上映之际，我无法抑制心潮激荡写下这篇文字。此时此刻，我发现，推出这样一部反映中国奥运第一枚金牌获得者的故事影片，与2012年伦敦奥运会主题“激励一代人”如此融合。

我希望，影片首映礼将是中国电影人为中国奥运代表团伦敦归来庆功的一次盛典；

我期待，影片能得到广大观众特别是青年观众的共鸣，伴随着我们的主人公一同成长；

我祝愿，电影《许海峰的枪》是我们创作团队每个人一生中最美好的一段回忆；

我感谢，所有支持影片拍摄的各级领导、各界朋友以及许海峰家乡的父老乡亲。

2012年8月

补记

记得2006年夏天，时任2008年北京奥运会开闭幕式部部长张和平打来电话，总导演张艺谋想约著名作家莫言见个面，听听他对北京奥运会开幕式有什么想法。我的好朋友潘阳与莫言是挚友，我很快通过潘阳约好了莫言的时间。

记得那天大雨滂沱，我开车接上莫言和潘阳，尽管雨刮器不停摆动，视线仍然模糊着。我握紧方向盘，精力高度集中，终于把莫言稳稳地送到了北京会议中心。张和平、张艺谋、陈维亚已经等了我们许久。话题围绕着北京奥运会开幕式，边吃边聊，直到晚宴快结束，莫言才掏出厚厚一沓稿纸，说他的想法都写在纸上了，仅作参考。张艺谋感到意外，他郑重地接过稿纸说，这手稿将来就放到奥运博物馆里。大家一起凑上前看，我惊叹莫言手书写得

（左起）潘阳、陈维亚、莫言、张和平、张艺谋、王浙滨

《许海峰的枪》获第30届米兰国际体育电影展评委会大奖

真漂亮。

2012年夏天，电影《许海峰的枪》拍摄完成时，我突发奇想，何不请莫言来为我们影片题写片名。还是请潘阳出山，莫言欣然答应了。他一口气题写了两幅：一幅“许海峰的枪”，一幅是他为我们影片起的名字——“神枪许海峰”。

那时，我们谁也不曾料到,《许海峰的枪》在全国政协礼堂举行首映式的前三天，2012年10月11日，中央电视台《新闻联播》节目播出了一则新闻：中国作家莫言获得2012年诺贝尔文学奖，成为第一个获得诺贝尔文学奖的中国籍作家。

当天晚上，我们全组激情澎湃，奔走相告，为莫言获诺贝尔文学奖欢呼着，庆贺着，鼓舞着……

我提议，在10月14日电影《许海峰的枪》首映式上，我们把莫言题写的那幅“神枪许海峰”送给许海峰留念。

“神笔”题“神枪”，这难道是一种历史的巧合吗？

2021年12月12日

图书在版编目 (CIP) 数据

许海峰的枪 / 王兴东等著. — 北京 : 北京十月文艺出版社，2022. 2
（奥林匹克三部曲）
ISBN 978-7-5302-2200-3

Ⅰ. ①许… Ⅱ. ①王… Ⅲ. ①电影剧本—中国—当代 ②传记文学—中国—当代 Ⅳ. ① I217. 1

中国版本图书馆 CIP 数据核字 (2021) 第 231509 号

许海峰的枪
XUHAIFENG DE QIANG
王兴东　等著

出　　版　北 京 出 版 集 团
　　　　　北京十月文艺出版社
地　　址　北京北三环中路 6 号
邮　　编　100120
网　　址　www.bph.com.cn
发　　行　新经典发行有限公司
　　　　　电话（010）68423599
经　　销　新华书店
印　　刷　北京天宇万达印刷有限公司
版　　次　2022 年 2 月第 1 版
　　　　　2022 年 2 月第 1 次印刷
开　　本　710 毫米 ×980 毫米　1/16
印　　张　17
字　　数　200 千字
书　　号　ISBN 978-7-5302-2200-3
定　　价　78.00 元
质量监督电话　010-58572393
如有印装质量问题，由本社负责调换。